Irmgard Hierdeis / Peter Stöger

Als die Tomaten noch nach Tomaten schmeckten

Peter Stöger und Irmgard Hierdeis versammeln ein nur auf den ersten Blick unspektakuläres Kaleidoskop aus Ereignissen, Erinnerungen, Erlebnissen – von offensichtlich pädagogisch ungeeigneten Lehrern über abstruse Wohnverhältnisse bis zu Schwierigkeiten der Badebekleidung.
Was aber dahintersteckt und allenthalben durchschimmert, sind Härte, Freude und Elend der Nachkriegszeit: eine Familie, die aus dem heutigen Tschechien vertrieben wird und in Süddeutschland alles andere als willkommen ist; traumatisierte Erwachsene, die nicht nur den Zweiten, sondern schon den Ersten Weltkrieg erlebt haben; die Macht derer, die über Nahrungsmittel verfügen und mit Butterknöllchen in der Milchkanne Geschenke machen können; die noch Jahrzehnte später mit Silberfäden geschmückten Bilder einer Kinderweihnacht.
Ein berührendes, lustiges, nachdenklich machendes Buch.

Irmgard Hierdeis, studierte Philosophie, Pädagogik, Germanistik und Romanistik in München, Freiburg und Innsbruck. Nach der Promotion arbeitete sie viele Jahre als Gymnasiallehrerin und Redakteurin. Neben wissenschaftlichen Arbeiten veröffentlichte sie seit 1983 zahlreiche Gedichtbände, Erzählungen und Romane, zuletzt: *Die neue Zeit* (2015). Sie lebt am oberbayerischen Ammersee.
Peter Stöger wurde 1946 in Innsbruck geboren und wuchs in Wald am Arlberg und in Innsbruck auf. Er studierte Erziehungswissenschaften, Psychologie und Philosophie an der Universität Innsbruck. Seit 1984 ist er Dozent an der Universität Innsbruck. Zahlreiche Veröffentlichungen sowohl im wissenschaftlichen als auch im literarischen Bereich, unter anderem die Glossensammlung *Lichtkind* (2014) und der Gedichtband *Erinnerungsboote* (2015).

Irmgard Hierdeis
Peter Stöger

Als die Tomaten noch nach Tomaten schmeckten

Erzählungen

Mit zahlreichen Fotografien

Limbus Verlag

Gedruckt mit freundlicher Unterstützung von
Land Tirol und Stadt Innsbruck

Gefördert von

Bibliografische Information der Deutschen Nationalbibliothek:
Die Deutsche Nationalbibliothek verzeichnet diese Publikation in der Deutschen Nationalbibliografie; detaillierte bibliografische Daten sind im Internet über http://dnb.d-nb.de abrufbar.

Druck: Finidr, s.r.o.
ISBN 978-3-99039-122-8
www.limbusverlag.at

Unseren Volksschullehrerinnen
Fräulein Senninger (Passau) und
Fräulein Salzgeber (Wald am Arlberg)

Als die Tomaten noch nach Tomaten schmeckten …

Irmgard Hierdeis

Im Jahr 1946 schwemmte uns der Krieg nach Niederbayern. Haus, Garten und Heimat hatten wir verloren. In Passau, wo meine Tante mit ihrer Familie Unterschlupf bei ihrer Mutter in einer Wohnung der Reichsbahn gefunden hatte, lebten Mutter und ich zusammen mit Vater, der aus dem Lazarett entlassen worden war, in einem Zimmer im fünften Stock des ehemaligen Hotels Passauer Wolf, das die Amerikaner beschlagnahmt hatten.

Meine Großmutter hatte eine Schlafstelle in der Familie ihres Sohnes, wo alle in dem ehemaligen Wohnzimmer der Bahn-Oma schliefen, das herrlich nach Ölfarben duftete, weil tagsüber mein Onkel nicht bombengeschädigte Bürger porträtierte und so für Kartoffelvorräte sorgte.

Zu dem Lokschuppen-Areal führte ein Schotterweg, an dessen Böschung Unkraut wucherte; diesen schmalen Streifen zwischen Böschung und

Kiesweg kultivierte meine Großmutter als Gartenzeile. Sie harkte und entfernte Steine, und dem Rieseln der kostbaren Erde setzte sie Grenzen, indem sie Holzlatten und Steine als Stufen befestigte. Auf den wenigen Quadratmetern pflanzte sie Salat, Bohnen, Erbsen, Karotten, Zwiebeln und Lauch. Und am oberen Rand setzte sie Tomatenpflänzchen, die man auf dem Wochenmarkt kaufen konnte.

Dieser Abhang entwickelte sich zum Gemüsereservoir in einer Welt, wo Brot nur auf Marken zu haben war und die Städter am Wochenende mit Teppichen und Goldarmbändern zu den Bauern aufs Land fuhren, um Essbares zu hamstern.

Großmutter überwachte den Reifegrad der Tomaten, und wenn eine rot wurde, dann teilte man sie, und meine Cousine und ich bekamen je eine Hälfte. Wir stopften uns die Tomatenhälften zwischen Ober- und Unterlippe in den Mund und nannten das Negerlippe. Niemand nahm Anstoß an diesem Wort; wir hatten die schwarzen Amerikaner bestaunt, hatten ihr Kaugummikauen imitiert und machten mit den Tomaten ihre Lippen nach. Auf diese Weise gaben die Tomaten auch mehr her, als wenn wir sie zerkaut hätten. Wir saugten so lange an ihnen, bis sie schrumpelig wurden.

Meine Großmutter sah uns glücklich dabei zu. Sie war zufrieden, obwohl sie allen Grund gehabt hätte, in Trauer zu versinken, war doch alles, wofür sie ein Leben lang gearbeitet und gespart hatte, von einem Moment auf den anderen verloren.

Während die meisten Heimatvertriebenen sich der Illusion hingaben, die Brecht in einem Gedicht beschreibt („Warum vorsorgen für vier Tage? / Du kehrst morgen zurück“), hatte sich meine Großmutter daran gemacht, ein kleines Fleckchen Erde in ein Paradiesgärtlein zu verwandeln. In meiner Heimat hießen Tomaten ja auch Paradeiser!

Als man noch durch Eiserne Vorhänge reiste …

Irmgard Hierdeis

Im Jahr 1968 fuhr ich, aus meinem Heimatort in Nordböhmen kommend, beim tschechischen Zoll vor. Die Mienen der Zollbeamten machten unmissverständlich klar, dass jeder Westler ein potenzieller Verbrecher war.

Es war zur Nachweihnachtszeit; ich hatte das Weihnachtsfest bei tschechischen Bekannten verbracht, wo wir mit Flöte, Gitarre und Klavier musiziert hatten. Die Noten steckten in meinem Gepäck.

Die Zöllner durchforsteten den Koffer bis aufs Futter durch, und als sie in meiner Aktentasche die Notenblätter entdeckten, machten sie ernste Gesichter und griffen nach ihren Pistolen.

„Geheimschrift!“, brüllte mich der Erste an, und: „Komm mit!“

Ich folgte ihm. Er schwenkte triumphierend die Noten einer Händelsonate. Mir wurde mulmig, all die Schauergeschichten über willkürliche

Verhaftungen schwirrten in meinem Kopf herum. „Setzen!“

Ich nahm Platz und harrte meiner Verurteilung. Die beiden Uniformierten studierten die Notenblätter. Ich versuchte, ihnen zu erklären, dass es Musik war, was sie nicht lesen konnten. Und so fing ich an, die ersten Takte zu singen. Dabei zeigte ich mit den Fingern auf die Notenköpfe. Sie dachten, ich sei verrückt oder eben hochgradig schuldig. Ihre Mienen wurden immer düsterer.

Da kam aus dem angrenzenden Zimmer ein älterer Mann, auch in Uniform, wahrscheinlich angelockt durch meinen Gesang. Er brauchte nicht lange, um sich einen Überblick über das Problem zu verschaffen. Dann lachte er.

Er sagte irgendetwas zu ihnen, gab mir die Notenblätter zurück und sagte auf Deutsch zu mir: „Wenn Sie das spielen können, müssen Sie ja wirklich gut sein.“

Die beiden Zöllner standen schweigend daneben, als ich mit meinen Noten abzog.

Diese Episode fiel mir ein, als ich letzte Woche von Deutschland aus nach Prag fuhr. Kein Uniformierter weit und breit, sogar die Zollhäuschen waren abgerissen. Ungehindert fuhr ich durch Böhmens Hain und Flur.

Als zu Weihnachten noch das Christkind kam …

Peter Stöger

Das Dörfchen Wald am Arlberg, Schnee über Schnee. Die Fräsmaschinen, so hoch wie Kleinhäuser, mit kräftigen Auswurfarmen für den pulverisierten Schnee, die, eine Spur freiräumend, den Schnee links und rechts in hohen Fontänen verwirbeln und niederlegen. Alles geschieht lautlos. Oma zieht mich an der Rodel durch die Winterstraße einige Kilometer hin und zurück. Ziel inmitten der Schneevorhänge ist eine kleine Kapelle mit schlicht bemalten Glasfenstern und etwas ungelenken neugotischen Figuren, die aber an diesem Vormittag Wärme ausstrahlen. Sie ist bis heute die Omakapelle.

Jedes Jahr kommen Oma und Opa zu uns nach Vorarlberg. In den Nachkriegsjahren ist eine warme Wohnung in Innsbruck teuer. Weihnachtliche Wärme gibt es in unserem Werksleiterhaus. Papa leitet das E-Werk, und die Werkssiedlung bekommt die Elektroheizung gratis.

Heute ist Heiliger Abend. Schon seit gestern hat das Christkind im Hausflur kleine Silberfäden verloren – und ist da nicht ein Engelshaar dabei? Oma, Opa und Eltern sind so überaus erstaunt. Frühmorgens schon bohnert Mama den Boden. Ich setze mich auf den Bohner und schwebe abgehoben über den Küchenboden. (Abgehoben über dem Boden schweben – kein Wunder, dass aus mir ein Pädagoge geworden ist.)

Draußen schwirren noch immer dicke Schneeflocken. Ich bin knapp vier Jahre alt. Die Nase ist plattgedrückt, nur alle paar Stunden kämpft sich ein Auto durch das Gestöber. Es liegt so viel Schnee, dass die Zäune nicht mehr sichtbar sind. Die Milchbäuerin, zu der meine Mama stapft, hat in die Milch im Milchkandl kleine Butterknöllchen hineingeschmuggelt, als Überraschung. Man schreibt *anno domini* 1950, alles ist noch mit Lebensmittelkarten rationiert. Da bedeuten diese goldgelben Knöllchen ein kleines Vermögen, vor allem in Zeiten, da für ein Kilo Butter Teppiche oder Anzüge ihren Besitzer wechseln. Die Knöllchen, deren Bedeutung ich erst viele Jahre später erkennen werde, müssen wohl den Zauber dieses Tages, der damals schon geschäftig war, für meine Eltern noch erhöht haben. Bis zu ihrem Lebensende werden die Eltern von der lieben Milchfrau sprechen.

Opa liest im *Reimmichlkalender*. Er bläst dazu Rauchwölkchen in Ringeln. Langsam senkt sich der Tag. Die schneeweißen Bauschefelder verlieren ihre Umrisse. Dass Papa nicht anwesend ist, fällt mir nicht auf. Die beiden Innsbrucker Tanten Paula und Anni, Mamas Schwestern, haben noch rechtzeitig Post über den Arlberg geschickt. Tante Anni unterschreibt eine Karte an mich mit „Innsbrucker Christkindl". Als Autorin werde ich sie erst ein paar Jahre später erkennen. Es ist der erste Heilige Abend im Anbruch, an den ich mich erinnern kann. Wie in den Kinderbüchern: Das Glöcklein läutet. Die Bescherung beginnt. Kerzenlicht. Es duftet.

Zimmerhoch der silbergrüne Christbaum mit Kerzenpracht, Lametta, Engelshaar, Sternspritzern, Marzipan, Zuckerln in Buntpapier, wunderbaren Kugeln und einem gelben Sternspitz.

Und unter ihm, was seh' ich da? Ein Dorf aus Holzklötzchen, wunderschön bemalt. Mein erstes Weihnachtsgeschenk. Es strahlt mir noch heute. Ich spüre unter dem Christbaum, dass sich die Eltern auch sehr freuen, was das Christkindl da gebracht hat. Sternregen und Wunder der Kindheit leben bis heute im Dorf.

Als wir Flüchtlinge nach einer Unterkunft suchten …

Irmgard Hierdeis

Mit einer Ladung übernächtigter Flüchtlinge hatte man uns aus dem Güterzug in Plauen ausgekippt. Wir standen frierend und hungrig im Septembernebel vor einer Kaserne.

Alle hatten nur einen Gedanken: Wie komme ich hier weg?

Großmutter erinnerte sich, dass eine ihrer Cousinen mit einem Bauern im Vogtland verheiratet war, nicht weit entfernt von Plauen. Wir meldeten uns bei der Lagerverwaltung ab („Wenn ihr jetzt geht, dann braucht ihr nicht mehr wiederzukommen!") und brachen auf zu Tante Lina nach Adorf. Sie hieß uns herzlich willkommen; die beiden Cousinen umarmten sich und weinten. Der Bauer war weniger begeistert über die Einquartierung. Er sah uns nicht mal an.

Wir durften unser Lager im Dachboden aufschlagen, jedenfalls so lange, bis die Zuzugsgenehmigung für Bayern eintreffen würde.

An diese Zeit auf Tante Linas Hof erinnerte ich mich, als die Mauer gefallen war. Die Fahrt ging durch trostloses Hügelland, das einen unbewohnten Eindruck machte, vorbei an verlassenen Häusern und verwilderten Gärten. Der Bauernhof in Adorf entpuppte sich für meine erwachsenen Augen als kleines Gehöft. Es lag direkt an der Straße, ich fand es ohne Mühe wieder. Ich erkannte die Scheune und das Vorgärtchen, und ich klingelte an der Tür des Hauses, das sich an eine Böschung duckte.

Dass Tante Lina seit Jahrzehnten nicht mehr lebte, wusste ich, aber vielleicht hatte ein Sohn oder eine Tochter das Anwesen geerbt.

Die Holztüre öffnete sich einen Spalt. Dahinter ein altes Gesicht, weiße, schüttere Haare, ein verkniffener Mund, misstrauische Augen. „Was wollen Sie?"

Ich gab mich zu erkennen, erzählte, wie uns Tante Lina vor vielen Jahren hier aufgenommen hatte.

„Ich bin die Enkelin", sagte die Frau.

Schließlich öffnete sie die Tür.

Ich erkannte den dunklen Flur und die Wendeltreppe, die in den Dachboden führte. „Da oben haben wir geschlafen."

Sie reagierte nicht, hinkte auf dem buckligen Linoleum in den Wohnraum, der eigentlich eine

Küche war mit einem Esstisch, auf dem eine geblümte Plastikdecke lag.

Sie ließ sich umständlich auf einem Küchenstuhl nieder und starrte mich an. Ihre Arme hingen wie leblos über die Lehne. Unvermittelt war ihre raue Stimme zu hören: „Das Haus ist verkauft."

Immer noch hatte sie mir keinen Stuhl angeboten. Ich schaute auf den rissigen Linoleumboden und griff mir einen Hocker.

„Hier ist nichts zu holen!" Vor jedem Wort ein Räuspern.

„Wohin ziehen Sie denn?", fragte ich schließlich.

„Zu meinem Sohn."

Dann erzählte sie von ihrem gebrochenen Bein und dem Krankenhausaufenthalt.

Immer wieder sah sie kurz zu mir hin, erkundigte sich nicht nach meinem Leben, als wäre ich der Feind, dem man keine Gelegenheit zum Bleiben bieten darf.

Friedhofsstille breitete sich aus, als auch ich keine Fragen mehr stellte.

Ich stand auf und verabschiedete mich. Sie humpelte vor mir her und machte die Tür auf.

Sie sagte nicht einmal auf Wiedersehen.

Ein letzter Blick auf den Hof, wo damals die Traktoren lärmten. Das Feld gegenüber, auf dem wir Ähren gesammelt hatten, war eine Brache. Kein Auto auf der Straße, die grau und leer in der Ebene verschwand.

Als wir unsere Kriegskindheit verdauen mussten …

Irmgard Hierdeis

Vier Freunde aus den Geburtsjahren 1936, 1937, 1938 und 1939 sitzen abends beim Wein zusammen. Es dauert keine fünf Minuten, und die Schrecknisse des Krieges stehen wieder im Raum, als wären sie gestern passiert. Auf einmal ist man wieder das kleine Kind auf dem Schoß der zitternden Mutter, das sich bei jeder Detonation duckt und schreit, wenn der Boden sich hebt und senkt. Unter Tränen erzählen wir siebzig Jahre später noch von den damals unverständlichen Ereignissen, die immer noch auftauchen, wenn Menschen oder Dinge die Erinnerungen daran auslösen.

Ein Schulkamerad wurde auf dem Heimweg mitten auf der Straße von Tieffliegern getroffen. Er lag in einer Blutlache, und sein Freund begriff lange Zeit nicht, dass er niemals mehr aufstehen würde. Es ist das Gesicht des Krieges, das uns überall hin begleitet und verfolgt.

Als Zehnjähriger zum Entsorgen der Leichen beordert. Nachbarn, Spielkameraden, Freunde in den seltsamen Verrenkungen des Todes.

Und dann gingen wir nach dem Krieg wieder in die Schule, nach dem Tod ging also das Leben weiter. Die Lehrer erzählten von den Heldentaten der Griechen, aber alle Kriegshelden waren entthront und riefen keine Begeisterung mehr hervor. In Geschichte malten wir Schlachtenordnungen bei Salamis oder Waterloo an die Tafel.

Aber aus den Kreidepfeilen und -kreisen wurden Gewehre und Pistolen, und sie schossen geradewegs in die ordentlich aufgestellten Schulbänke. Wir duckten uns und hielten die Arme vors Gesicht.

Als wir nach Brennsuppe und markenlosen Gaben lechzten …

Irmgard Hierdeis

Jeden Mittwoch gab es in der Freibank Rinderbrühe ohne Marken. Im Milchkrug holten wir sie ab und ließen sie erkalten. An der Oberfläche bildete sich über Nacht eine weißliche Schicht, die meine Mutter abhob und in einer Schüssel aufbewahrte. Das war das kostbare Rinderfett, mit dem Suppen und manchmal auch Kuchen hergestellt wurden. Als Gipfel des Luxus fabrizierte meine Mutter am Samstag eine Torte aus Muckefuck-Kaffeesatz, der in Ermangelung von Eiern mit diesem Rindertalg als Bindemittel hergestellt wurde: ein Hauch Zucker, ein paar Löffel Milch – und der Teig wurde in eine Form gestrichen, die ein Bekannter aus alten Konservendosen der Amerikaner gebastelt hatte.

Wonach wir Kinder im Sommer lechzten, war ein Armeleute-Essen aus meiner Heimat Nordböhmen. Meine Großeltern hatten als große Kostbarkeit einen Mohnreibetopf nach Bayern mitgebracht: ein schweres Tongefäß, in dem man die Mohnkörner mit ein paar Löffeln Milch zu einem Brei verrührte. Man konnte sich in Ruhe in einen Sessel fallen lassen, den schweren Topf auf dem Schoß; mit einem Holzmörser wurden die Mohnkörner ungefähr eine Stunde lang zerstoßen. Wenn der Mohn endlich sein Aroma entfaltet hatte (meine Großmutter verachtete den maschinell geriebenen Mohn als „geschmacklosen Gatsch"), goss man kalte Magermilch dazu und stellte den Bottich in die Mitte des Tisches. In einer anderen Pletsche lag in kleine Stücke geschnittenes Brot (später Semmeln). Nun spießte man das Brot auf die Gabel und tunkte es wie bei einem Fondue in die kalte Mohnmilch, bis es sich vollgesogen hatte. Wer seinen Brotklumpen im Topf verlor, der hatte mit vorher ausgedachten Strafen zu rechnen. Man nannte ihn „Moh-Hetl", was so viel heißt wie Mohnkopf, also Dummkopf. Diese Bezeichnung kam noch von einem anderen Brauch: Um kleine Kinder ruhig zu halten, stopften ihnen manche Bauern einen Stoffbeutel in den Mund, der mit Mohn gefüllt war. Ob sich der verdummende Effekt der Mohnberuhigung allerdings später in der Schule durch schlechte Noten manifestierte – darüber gab und gibt es keine Statistiken.

Jeden Abend gab es Einbrenne, oder wie man in Bayern sagte: Brennsuppe. Dazu wurde das Rinderfett geschmolzen, Mehl und Salz wurden hineingerührt, und wenn das Ganze Farbe angenommen hatte, wurde mit Wasser abgelöscht. Eine Weile köchelte die Suppe vor sich hin, bevor Petersilie oder Schnittlauch dazugeschnippelt wurde.

Das war jeden Tag unser Abendessen. Wenn noch Brot da war, brockte man es hinein.

Eines Tages kam mein Cousin aufgeregt nach Hause. Der Kaplan habe angekündigt, es gebe demnächst in der Kirche eine markenlose Gabe. Wir horchten auf. Fast für jedes Lebensmittel brauchte man Marken, ohne die man nichts kaufen konnte. Und jetzt gab die Kirche etwas ohne Marken aus! Näheres wusste mein Cousin nicht, und so machte sich meine Tante auf ins Pfarramt. Vorsorglich nahm sie gleich zwei Einkaufstaschen mit, sie hatte schließlich eine Großfamilie zu versorgen.

Der Stadtpfarrer, ein älterer Herr, der wegen seiner kurzen Predigten allgemein beliebt war, öffnete. Nach ein paar Höflichkeitsfloskeln kam meine Tante zur Sache und erkundigte sich, wo es in der Pfarrei die Lebensmittel ohne Marken gebe.

Der Pfarrer war ratlos. „Davon weiß ich leider nichts. Woher haben Sie es denn erfahren?"

„Mein Sohn kam aus dem Erstkommunionunterricht heim und berichtete davon."

„Was hat er denn genau gesagt?"

„In der Kirche gebe es jetzt eine markenlose Gabe."

Nach einem kurzen Moment der Überlegung prustete der Pfarrer los. Er war kaum in der Lage, meiner Tante zu erklären, was mein Cousin missverstanden hatte, so wurde er von Lachen geschüttelt. „Die makellose Gabe! Die Hostie!"

Das hatte der Kaplan gemeint. Und natürlich würde sie an die Erstkommunikanten verteilt werden, ganz richtig: ohne Marken! –, aber auch ohne dass man davon satt wurde.

Als für mich noch das Faustrecht galt …

Irmgard Hierdeis

Die Zeit heilt alle Wunden. Stimmt das? Schau nach oben, schau vorwärts in die Zukunft!

Wie sollte das gehen, wenn ich allein auf dem Schulhof stand, umzingelt von Mitschülern, die sich ein schwaches Ziel für ihre Angriffslust suchten? Ihr Geschrei war Kriegsgeschrei; wir waren ja alle im Krieg geboren und aufgewachsen. Wir kannten das Siegesgebrüll aus dem Radio, die Liszt'schen Klänge waren unser Wiegenlied. Still, die Siegermeldung! Ehrfürchtiges Schweigen, wenn man den Lügen lauschte, den Heldentaten unserer Väter irgendwo in Frankreich, Russland oder Griechenland. Nur allzu gerne wollten wir dem Siegestaumel glauben. Aber es dauerte nicht lange, und wir erwachten unter dem leuchtenden Himmel, aus dem es Bomben regnete auf die angeblich siegreiche Nation.

Unter dem Gebrüll auf dem Schulhof („Flüchtlingssau!") schlug ich wütend um mich;

es war keine Pausenhofprügelei, sondern es ging immer um Leben und Tod – bis ein Lehrer einschritt und mich mit beiden Händen packte. Ich teilte die Menschen ein nach der Kategorie des Krieges: Würde er die Pistole auf mich richten, hätte er mich aus meinem Haus vertrieben, würde er mir mein Schaukelpferd wegnehmen? Während ich meine Klassenkameraden misstrauisch beäugte und sie als Freunde oder Feinde einordnete, spielten sich in meiner Erinnerung die ewig gleichen Szenen ab: Lachende Soldaten nehmen mir mein Spielzeug weg und machen sich lustig über ein Kind, das sie zusammen mit Mutter und Großmutter aus dem Haus jagen.

Sie pferchten uns in Viehwaggons. Ich hatte Glück, weil ich nicht von meiner Mutter getrennt wurde. „Ab mit euch nach Sibirien!", schrien die Sieger, die alle Waggons versiegelten. Ob nach Sibirien, nach Kasachstan oder nach Mecklenburg, das war in der Schwärze des Waggons einerlei. Schwarz war die Farbe der Zukunft. Wir saßen in der Dunkelheit auf dem Boden und spähten durch die Ritzen nach draußen: Splitter der normalen Welt, aber eben Splitter, kaputt, zerbrochen, nichts Ganzes mehr.

Entweder wir schliefen oder wir rissen die Augen auf, wenn die Schiebetüren zurückgestoßen wurden. In den ausdruckslosen Mienen der Vertreibungsschaffner sahen wir schon die nächste Katastrophe.

Waren wir in der Taiga?

Die Zugführer wussten wohl selber nicht, wohin mit uns. Sogar in Sibirien wären wir völlig nutzlos gewesen. Keine dieser abgemagerten Gestalten wäre fähig gewesen, Kohle zu schleppen oder Steine zu hauen. Vielleicht haben sie überlegt, uns umzubringen, wie sie das mit den verbliebenen Männern gemacht hatten.

Eines Morgens taumelten wir stumm und halb blind heraus und wurden in halb verfallene Häuser verfrachtet. Wir, der Kriegsabfall, wurden in Bombenabfall gelagert. Es war deutscher Boden, wie wir allmählich erfuhren, aber was machte das für einen Unterschied?

Nach einigen Monaten gelang es meiner Mutter, eine Zuzugsgenehmigung nach Bayern zu erhalten, wo wir uns mühsam ins normale Leben integrierten. Für mich gehörte zu dieser Normalität, mich mit jedem anzulegen, der meinem Feindbild entsprach. Ich prügelte mich wütend durch meine Kindheit und begriff nicht, was die Klosterfrauen predigten: Eine echte Frau zeichnet sich durch Demut und Gehorsam aus.

Als das Auge Gottes noch alles sah …

Peter Stöger

Als das Auge Gottes noch alles sah, war ich noch klein. In Innsbrucks Haspingerstraße Nummer 6, wo meine Großeltern wohnten, gab es eine Wendeltreppe bis zum Dachboden hinauf. Hoch oben über dem Treppenabschluss thronte das große Auge. Menschenfern, ja unmenschlich war es, denn es war in keinem menschlichen Gesicht. Es war in einem gelben Dreieck. Ohne in all den Jahren auch nur einmal zu blinzeln, schaute es herab. Sah ich das Auge, hörte ich fernen Donner und fühlte ewiges Ertapptsein: schon wieder gelogen, schon wieder Rosinen geklaut, schon wieder im Schulbuch die Venus länger angeschaut als erlaubt …

Alles sah der Augenwüterich. Ich wusste noch nichts von CIA, KGB und Mossad, aber eines wusste ich: Es war ein alles durchdringender, sich in die kleinsten und allerkleinsten Geheimnisse bohrender Blick. Dieses Auge sah nicht nur alles, es wusste und behielt alles. Bis in die Knochen hinein hatte es Einblick. Es war das himmlische Röntgenauge. Da war nichts zu verstecken, auch nicht, dass ich in die Kondensmilchtube Luft blies, um das, was ich heimlich herausgezuzelt hatte, auszugleichen und die Tube wieder prallvoll erscheinen zu lassen. (Mama wunderte sich immer, warum so wenig in der Tube war.) All das überblickte der Augengott. Es gab nichts zu verstecken, kein Abschreiben, kein Anschwindeln, kein Papas-Unterschrift-Fälschen. Das Auge spähte selbst in die kleinsten Winkel der Kinderseele. Besonders scharf war das Auge, wenn Kinder nackt waren und irgendwie herumspielten.

Trotzdem blieb das Auge eine Episode. Wenn schon Gott nichts übersah, hatte ich doch nachsichtige Eltern und Lehrer, spürte ich die Güte in Omas Augen, erfuhr wohlwollende Augenblicke von Freunden. Irrläufer gab es freilich auch, die nicht zögerten, mich augenblicklich, wenn sich die Chance bot, zu verprügeln.

Gottes Auge wurde schwächer. Eine Brille wollte er nicht. Kontaktlinsen auch nicht. Die hätten ihn gar noch in *Kontakt* mit den gar nicht immer so kleinen Sorgen von Kindern gebracht. Aber die Kinder wollte der Augengott nicht trösten, er wollte sie nur „am Krawattl" packen.

Indes: Es stellte sich heraus, der Augengott litt am grauen Star. Das Auge im Stiegenhaus bekam feine Sprünge, und langsam legte sich ein Grauschleier darüber. Ob das Bild bald bröckeln würde?

Eines stand fest: Sein Augenlicht wurde schwächer und meine Kinderwelt bunter.

Als wir dachten, die Evangelischen wären vom anderen Stern …

Irmgard Hierdeis

Unsere Nachkriegs-Pappendeckel-Fenster lagen gegenüber der evangelischen Kirche. Von unserem Zimmer aus blickte man direkt in den kleinen Glockenturm; immer wenn das bimmelige Geläut ertönte, wusste man, dass entweder eine Hochzeit oder eine Trauerfeier stattfand. Wenn die Braut in ihrem weißen Kleid erschien, raste ich die Treppen abwärts und schlich mich hinter der Hochzeitsgesellschaft in die Kirche.

Eines Tages beobachtete mich eine Mitschülerin dabei.

Am nächsten Tag kam sie mit wichtiger Miene auf mich zu und verkündete: „Du gehst in die evangelische Kirche! Das musst du beichten!"

Ich kannte den Beichtspiegel, aber diese Sünde war darin nicht registriert. Also sagte ich: „Das stimmt nicht. Das ist nicht verboten!"

Zu Beginn der nächsten Religionsstunde hob sie die Hand und sagte zum Kaplan: „Die da geht in die evangelische Kirche! Das muss sie doch beichten, oder? Das ist eine Sünde!“

Der arme Kaplan! Er überlegte einen Augenblick, weil er offenbar nicht wusste, was er antworten sollte. Dann fragte er mich, wann und wie oft ich da reinginge und ob ich dort betete.

„Ich schau mir die Hochzeiten an!“, antwortete ich.

Lächelnd meinte der Kaplan: „Beichten musst du das nicht. Geh halt in Zukunft nicht mehr rein!“

Als ich das meiner Mutter erzählte, lachte sie nur.

Wir waren zwar katholisch, aber meine Eltern waren mit der Familie des evangelischen Pfarrers befreundet. Hin und wieder trafen sie sich zum Abendessen. Jedes Mal, wenn ich dem Pfarrer die Hand gab, erinnerte ich mich daran, wie man uns im Religionsunterricht den Unterschied zwischen katholisch und evangelisch demonstriert hatte:

Unser Kaplan schrieb eine Sünde an die Tafel, zum Beispiel *Lügen*, dann wischte er mit dem Schwamm die Kreideschrift weg. „Seht ihr, das geschieht bei uns in der Beichte. Da werden die Sünden, wenn sie bereut werden, einfach weggewischt.“ Und dann schrieb er nochmals *Lügen* an die Tafel, nahm ein Tuch und deckte das Wort zu.

„Ist die Sünde noch da hinter dem Tuch?“ Eine rhetorische Frage. „So ist es bei den Evangelischen. Ihre Sünden werden nicht vergeben, sondern nur zugedeckt.“

Den freundlichen Pfarrer und seine Frau schien das nicht zu beunruhigen. Meine Mutter sagte, als ich ihr von der Verschleierung der Sünden bei den Protestanten erzählte: „So ein Quatsch, das glaubt der Kaplan ja selber nicht.“

Sie bügelte ein gemustertes Kopftuch, das für den Geburtstag der Frau Pfarrerin gedacht war.

Als die Dias noch Laufmeter waren …

Peter Stöger

Dias? Also den Jüngeren sei's erklärt: Es gab einmal eine Zeit vor den Beamern. Aber Elektrizität gab es schon; es muss wohl bald nach der mittleren Bronzezeit gewesen sein. Da gab es noch keine bewegten Bilder, wo halbbetrunkene Buchstaben durcheinanderpurzelten. Nein, da gab es Geräte, die Bilder auf eine Leinwand warfen. Wie? Die Bilder waren zwischen zwei Gläser eingepresst und je eines kam auf einen Schiebesteg und wurde dann, in eine Halterung gelegt, kopfüber vor die stark strahlende Lampe geschoben. Diese war der Spender für das Leuchtbild an der Leinwand.

Das erinnert mich an meinen alten Pfarrer in Wald am Arlberg in der ersten Klasse Volksschule. Er war ein uralter Mann mit einem Faible für Katechismusbilder, Fleißzettelchen und besagte Lichtbilder, auch Dias genannt. Es waren Heiligenbilder, die er uns zeigte. Die waren aber nicht etwa in Diagläschen eingepackt, es waren vielmehr – Bildchen an Bildchen – gereiht, Bildrollen, die es abzuspulen galt.

Diese Rollen waren vertikal in ein Gestell gespannt, und so konnten die Bilder einzeln vor die bald schon vor Hitze dampfende Lampe gezogen werden; mit der Kühlung hat es manchmal gehapert. So bestaunten wir die laufenden Heiligenbilder im Erstkommunionunterricht zu Beginn der Fünfzigerjahre.

Dem Pfarrer habe ich es zu verdanken, dass mir heute, ebenfalls Lehrer, die Dias zu meinen treuesten didaktischen Begleitern wurden (auch noch in Beamerzeiten), in Erinnerung daran, wie sich uns Kindern damals ganze Bildwelten auftaten und wir – Dias und Augen um die Wette leuchtend – durch sie in den Himmel lugten …

Als die Lehrer noch vom Ersten Weltkrieg erzählten …

Irmgard Hierdeis

Nach dem Krieg holte man auch schon längst pensionierte Lehrer an die Schulen zurück. Solch einen Pädagogen hatten wir in Deutsch und Latein. Er ging am Stock, und jedes Mal, wenn er durch die Türe schritt, hob er den Stock waagrecht vor sich. Das tat er auch, wenn ein Schüler ihm zu nahe kam. „Abstand!“, brüllte er dann, und der Zudringliche konnte froh sein, wenn er rechtzeitig innehielt.

In Latein sollten wir Livius lesen. Aber fast bei jeder Zeile hielt „der Alte“, wie wir ihn nannten, inne und erzählte, was ihm zum Text einfiel. Mit Latein oder gar mit Grammatik hatte das selten etwas zu tun. Uns Schülern gefielen diese Exkurse, weil wir meistens etwas aus dem Privatleben des Lehrers erfuhren und er aufs Ausfragen und Benoten vergaß.

War irgendwann einmal von einer edlen Frau die Rede, dann wandte er sich an mich, das einzige Exemplar dieser Gattung in der Klasse. Er regte sich über die Emanzipation auf, schimpfte auf die Mannweiber, die sogar in die Parlamente wollten. Zum Ausgleich diktierte er mir Kochrezepte. Seine Erfindung einer speziellen Bratwurst gab er gleich mit. Ich hatte die Sonderhausaufgabe, diese Wurst daheim zu fabrizieren und ihm dann Auskunft über Konsistenz und Schmackhaftigkeit zu geben. Meine Mutter, mit der zusammen ich diese Wurst in Angriff nahm, meinte angesichts der auseinanderfallenden Fleischmasse, ein Ei wäre als Bindemittel vonnöten. Also ging ich vor Beginn der nächsten Stunde zu ihm und machte diesen Vorschlag. Er stürmte in die Klasse mit dem Aufschrei: „Kein Ei! Nein, niemals ein Ei!" Die Schüler wussten erst nicht, worauf sich dieser Ruf bezog. Dann erging er sich eine Stunde lang über die Verfälschung des Geschmacks durch ein Ei, und immer wieder rief er: „Mädchen, schreib das auf! Damit du in der Schule was fürs Leben mitkriegst!"

Noch ergiebiger für die Erzählfreude des Alten waren Berichte von kriegerischen Auseinandersetzungen, wie sie ja bei jedem lateinischen Autor vorkommen. Dann berichtete er von seiner Einberufung als junger Mann, von der generellen Kriegsbegeisterung der Jugend vor dem Ersten

Weltkrieg und von seinem Einsatz in Frankreich. Da war es mit der Begeisterung schon vorbei, und die jungen Männer lernten in den Schützengräben, was es heißt, zu hungern, zu frieren und trotzdem ständig schießbereit zu sein. Heute würde man sagen, unser Lateinlehrer arbeitete sein Trauma ab. Er schlug mit beiden Fäusten aufs Pult, minutenlang, um uns zu demonstrieren, was ein Trommelfeuer ist. Nach solchen Kriegsstunden waren wir allein vom Zuhören erschöpft, mehr als wenn er uns Grammatik abgefragt hätte.

Den Zweiten Weltkrieg hatte er übrigens auch mitgemacht, aber davon erzählte er keine einzige Geschichte. Über die Geschehnisse aus diesem Krieg erfuhren wir weder von den Lehrern noch von den Eltern.

Als wir in der Schule noch Anstandsunterricht hatten …

Irmgard Hierdeis

Dass die äußere Form Rückschlüsse auf das Innenleben gewährt, lernten wir in der Klosterschule ab der ersten Klasse. Es begann schon mit dem ersten Schritt in die glänzend gebohnerte Welt der sauberen Gerüche nach Bienenwachs und Leinöl. Wir brachten Hausschuhe mit, die in übersichtlichen Holzregalen das ganze Schuljahr über blieben. Für arme Familien konnte das ein Problem werden: Pro Kind gab es daheim ein Paar Hausschuhe, basta. Wenn wir die mit in die Schule nahmen, mussten wir zu Hause in Socken herumlaufen.

Das war im Prinzip das Schlüsselproblem des ganzen Anstandsunterrichts: Fast alle Regeln, die wir lernten und befolgen sollten, waren mit zusätzlichen Kosten verbunden.

Es fing schon mit der Voraussetzung eines anständigen Lebens an, mit der Sauberkeit. Zur Verdeutlichung erzählte Mater Perpetua einen nur scheinbar harmlosen Klosterwitz: Die Mutter eines Tausendfüßlers sagt zu ihrem Kind: „Wasch dir die Füße, aber nicht nur die ersten hundert!" Für uns Zweifüßler galt es, nicht nur das Gesicht und die Hände zu waschen, sondern jeden Tag den ganzen Körper. Die erste Anstandsregel bestand darin, seine Mitmenschen nicht mit unangenehmen Gerüchen zu belästigen. Theoretisch stimmten wir alle zu. Nur die Praxis gestaltete sich für die weniger Begüterten schwierig, ja fast unmöglich. Wie sollte man in dem einen Raum, in dem fünf Personen lebten, kochten, Hausaufgaben und Heimarbeit machten, in dem abends Faltbetten aufgestellt wurden und es nicht einmal einen Wasserhahn gab – wie sollte man da am Morgen unter den Blicken der Familie seinen ganzen Körper reinigen? Allein die Vorstellung konnte einen in Panik versetzen. Mach fix, hieß es da, wring den Waschlappen aus, die andern wollen auch noch an die Wasserschüssel. Wasser war kostbar, man schleppte es durch einige Altbaugänge mit Krügen ins Zimmer, und das verbrauchte Wasser kam in einen Eimer, der hinausgeschleppt und geleert werden musste. So war schon die erste Regel für mich die reine Utopie.

Der erste Eindruck ist bekanntlich prägend für künftige Beziehungen. Wir übten also das Grüßen. Keinesfalls durfte man erhobenen Hauptes dem andern frech ins Gesicht schauen. Für anständige Mädchen ziemte es sich, den Kopf stets etwas geneigt zu halten (im Gottesdienst nannte man das Gebetswinkel) und so Bescheidenheit und Demut zu demonstrieren. Niemals die Hand vorwitzig ausstrecken, sondern immer warten, bis der andere sie uns zu reichen geruht. Hält man dann die Hand des anderen, folgt der Knicks. Die Klasse lachte jedes Mal laut auf wie beim Anblick des Clowns, wenn ich mit Haferlschuhen und Kommissdeckenrock nach vorn marschierte und dann die Klosterfrau, deren Hand ich in Empfang nahm, fast umriss bei meinem verunglückten Kniefall. Ähnliches sah ich viele Jahre später, wenn Ehefrauen von Politikern in engen Kleidern und mit Pumps vor der Queen einen Hofknicks versuchten.

Nach einigen Übungen gaben es die Matres auf, mir einen eleganten Knicks beizubringen. Auch da Scheitern auf der ganzen Linie.

Was die verbale Höflichkeit betraf, so sollten wir besonders dann auf unsere Wortwahl achten, wenn wir mit einer Äußerung unseres Gegenübers nicht einverstanden waren. Statt eines brutalen *Nein* waren einschränkende Sätzchen wie *Vielleicht eher nicht* oder *Ihre Meinung teile ich nicht ganz* angebracht. Dass uns diese sprachliche Zurückhaltung während der Pause nicht gelang, versteht sich von selbst. Umso gekünstelter klang es, wenn wir die gestelzten Formeln im Umgang mit den Lehrern gebrauchten.

In zwei Doppelstunden wurden uns Tischsitten nahegebracht. Gestärkte, saubere Servietten und Tischtücher waren selbstverständlich. Zwei Zentimeter vom Rand entfernt sollten die Teller platziert werden, Gabel links, Löffel oben und Messer auf Messerbänkchen, um die Tischdecke sauber zu halten. Weingläser immer am Stiel anfassen! Hände immer auf dem Tisch! An Serviettenkultur kann ich mich aus meiner Kindheit nicht erinnern. In einer Zeit, da es weder Plastiktischdecken noch Waschpulver oder gar Waschmaschinen gab, konzentrierte sich die Erziehung der Kinder vor allem darauf, Kleider und Tischdecken sauber zu halten. Die erste Tischdecke nach dem Krieg schneiderte meine Mutter aus weißen und blauen Stoffstreifen, die mein Vater aus einer Wäschefabrik organisiert hatte. Ob man am Tisch der Erwachsenen sitzen durfte, hing vor allem davon ab, ob man unfallfrei mit Gläsern und Tellern umgehen konnte. Meist saßen wir Kinder ohnehin im Schneidersitz am sogenannten Katzentisch, einem niedrigen Hocker ohne Tischtuch. Den Erwachsenen kam es dann so vor, als wären sie allein im Zimmer, sodass sie sich hinreißen ließen zu Gesprächen, denen wir sonst nicht hätten zuhören dürfen. Die meisten streng gehüteten Familiengeheimnisse erfuhren wir am Katzentisch oder auf dem Schlafsofa in der Küche, wenn wir die Schlafenden mimten.

Für jemanden, der das Wort *Messerbänkchen* noch nie gehört hatte, dessen Familienmitglieder aus alten Senfgläsern tranken, von dickwandigen Landsertellern aßen (die Rückseite mit inzwischen verbotenem Hakenkreuz statt der gekreuzten Meissener-Schwerter) und gespendete Bestecke („Aus jedem Dorf ein Hund!“, sagte meine Oma dazu) verwendeten, für jemanden also wie mich war das alles Meilen entfernt von der Wirklichkeit.

Anstand in der Kleidung zu wahren, hieß vor allem, möglichst viel vom Körper zu bedecken. Sogar im Turnunterricht gab es eine spezielle Klostermode: Über einer Hose, die fast bis zum Knie reichte, hatten wir ein Röckchen zu tragen, dazu ein Oberteil mit Ärmeln. Die korpulente Turnschwester stand neben dem Barren, griff sich ein Mädchen, das im Turnverein war, und erklärte, was es vorturnen sollte. Bei manchen Übungen flatterte das Röckchen bedenklich nach oben, und Oberschenkel wurden sichtbar. Wir versuchten, nicht hinzuschauen, weil wir die dumpfe Ahnung hatten, dass wir das irgendwann würden beichten müssen. Auch wenn wir uns während des Unterrichts an die Haare fassten oder mit den Zöpfen spielten, hatten wir uns vor der ganzen Klasse zu entschuldigen. Der Körper war eine verminte Tabuzone und anständig war, möglichst wenig davon sichtbar zu machen oder gar zu berühren.

Als einmal im Pausenhof ein Ball zu mir herrollte und ich nicht lange überlegte und ihn mit dem Fuß weiterbeförderte, bedachte ich nicht, dass einige Klosterfrauen aus dem Lehrerzimmerfenster Sicht auf den Hof hatten.

Am Ende der Pause wurde ich ins Direktorat beordert, wo man mir einen Verweis androhte, sollte ich noch einmal versuchen, Fußball zu spielen. Das sei für ein Mädchen unanständig und zeuge von einer beispiellosen Verrohung.

Als Frau Lehrerin noch das Fräulein war …

Peter Stöger

Zwei Jahre lang war sie meine Volksschullehrerin. Das waren die Jahre, in denen ich der Lehrerin – die wir „Fräulein“ nannten – zuliebe lernte und ihr zuliebe Fleißaufgaben machte. Wir zwei, sie und ich, waren die einzigen Tiroler im Klassenzimmer. Die Geografie des Lebens hatte uns ins Ländle – wie die Vorarlberger Vorarlberg nennen – gebracht.

Wacker verteidigte sie mich gegen die Klassenmeute, die mir in der ersten und zweiten Klasse schlagfertig beibrachte, dass ich als Tiroler Kind nicht dazu, das heißt nicht nach Vorarlberg gehörte. Noch dazu war ich groß, aber ziemlich schwach an Körperkraft. Das war für den Alltag in der Schule keine so gute Mischung, da fehlten Pepp und Pfeffer.

Beim Völkerball, Gradmesser Nummer eins für die Beliebtheit, war ich entsprechend unbrauchbar. Die Gruppen rissen sich nicht um mich. Als Überbleibsel wurde ich in der Regel der kleineren Gruppe zugeschlagen. Nur beim Ranggeln und Muskelkneten, beim Beknien der Oberarmmuskeln, brauchte man mich, um einen garantierten Sieg einfahren zu können. Nachdem ich mit Frechsein auch nicht punkten konnte, war mein Dasein besiegelt.

Einmal begleitete mich das Fräulein sogar bis nach Hause. Auf dem Weg versammelten sich immer drei, vier Mitschüler, meist hinter einem Bauernhaus, und dann gab es Haue. Mit der Lehrerin als Bodyguard war ich zumindest diesmal sicher.

Die Prügel wollten aber nicht aufhören, und jeden Tag konnte das Fräulein mich ja auch nicht begleiten. Zudem dauerte der Schulweg normalerweise eine Dreiviertelstunde (je nach saisonal abwechselnden Schneeeinreib- oder Prügelphasen). Damals war ein Tiroler Mitschüler, der sich nicht wehren konnte, eben nicht besonders beliebt. Als Japaner hätte ich sicher bessere Chancen gehabt. Sogar ein Marsmensch wäre ihnen vertrauter und der liebere Nachbar gewesen.

Die Lehrerin jedoch wurde nicht zu Tirol gerechnet, sie war nur das Fräulein. Sie stand über allen, sie wurde von allen gemocht. Da waren wir uns in der Klasse einig. Bisweilen zwinkerte sie mir unauffällig zu, und dieses Augenzwinkern schien mir sagen zu wollen, dass wir Tiroler schon z'sammhalten!

Als Hochwürden noch das Kollar trug …

Peter Stöger

Mein Vater war im Ort, in Wald am Arlberg, der hoch angesehene Werksleiter eines Kraftwerkes der Österreichischen Bundesbahn. Einmal kam der Herr Pfarrer auf Besuch. Die beiden sprachen respektvoll und konzentriert, jedoch nicht über heilige Dinge, sondern über Heizungsprobleme in der Kirche. Pfarrer Fiel, so hieß er und Gott hab' ihn selig, dachte an eine elektrische Kirchenheizung. Ich erinnere mich noch, wie sehr mein Vater von ihm angetan war, weil er fachkundige Fragen stellte und sich so „für's Elektrische" interessierte.

Die Werksiedlung war eine Sozi-Siedlung. Meine Mama war wohl die einzige Bürgerliche in diesem Dörfchen im Dörfchen mit Häusern, die wie das Kraftwerk gelb angestrichen waren und mit grünen Dächern besetzt waren.

Ich hatte großkoalitionäre Eltern. Der Pfarrer muss wohl gewusst haben, in welches Missionsgebiet er sich da begab. Trotzdem kannte mein Papa die Kirche sonntäglich von innen. Er wurde von Mama freundlich dorthin geschoben, ihr kleiner Peter sollte ja ein gutes Vorbild haben.

Wie er sonst war, der Pfarrer? Uralt. Zerknittert. Ein Menschenfreund, der dies aber, manchmal ruppig-struppig, recht beflissen versteckte. Sein Image als Grantscherben passte wie angegossen. Er hatte eine Uhr an einer langen Kette, auf die er zu meinem Gaudium gerne blickte. In Zivil hab ich ihn nie gesehen. Er stammte aus einer Zeit, als die Pfarrer nicht einmal auf der Alm oder am Heuwagen das Kollar auszogen. Ich war überzeugt, er war mit dem Kollar auf die Welt gekommen. Auf ihn war Verlass, er war immer Pfarrer. Er war bescheiden. Auf sein Äußeres zu achten, war ihm völlig fremd. Sein Anzug war immer etwas speckig und wirkte ausgewaschen. Freizeit und Urlaub waren ihm wohl Teufelsdinger, er war immer da.

Einmal Pfarrer, immer Pfarrer. Seine Generation gehörte noch zu den geborenen Pfarrern und Lehrern. Sie waren unverwüstlich. Zweifel an Gott oder an der Berufung fehlten in diesem Denkhorizont. Gerufen und berufen waren sie als Werkzeug des Himmels, hienieden zu dienen. Sie waren Gottesgeschenke von oben. Manche von ihnen waren tatsächlich Geschenke; andere wollte man freilich umtauschen. Manche Eltern lobten gerade die Päckchen, die Kinder gerne wieder losgeworden wären, umso mehr. Aber unser Pfarrer war zum Behalten. Es gab ihn so selbstverständlich wie die Wolken am Himmel. Dass es aus ihnen gelegentlich einmal grollte und blitzte, das war wie bei den Bildern im Katechismus, schließlich vertrat unser Herr Pfarrer den lieben Gott herunten.

Natürlich war er Friedensrichter im Dorf. Er musste sich gar nicht autoritär aufführen, das wäre wohl würdelos gewesen – er *war* Autorität, im Klassenzimmer und überall. Er war nicht der Typ à la „Lasset die Kleinen zu mir kommen", selbst wenn einmal ein Kind während der Messe wegen der Weihrauchwolken umfiel. Dass er Mensch war, merkten wir, wenn er zornig war, aber da schimmerte immer noch seine Würde durch, seine Unantastbarkeit. Respektvoll und mit Abstand, aber noch ohne Worte und Begriffe dafür, ahnte ich, dass er daran glaubte, was er sagte. Ich mochte ihn, den Pfarrer Fiel.

Falls ich auch einmal dorthin kommen sollte, wo er jetzt schon ist, wird er mich sicher im Kollar empfangen.

Als wir noch Lehrer und keine Lernbegleiter hatten …

Irmgard Hierdeis

Herr Beierlein mit seiner Geige! Er war nicht nur beliebt, sondern wurde geliebt, und zwar ausnahmslos von allen Schülern, die er in Musik unterrichtete.

Die meisten von uns, die wir in Holzsandalen in den Unterricht schlurften, hatten noch nie ein Musikinstrument in Aktion gesehen. Wie staunten wir, als unser Lehrer, der wahrscheinlich schon im Pensionsalter war, auf der Geige spielend unser Klassenzimmer betrat. Einen Walzer geigte er, und dazu machte er kleine Tanzschritte. So etwas hatten wir noch nie erlebt: ein Lehrer, der spielte und tanzte!

Als er mit seinem Dreivierteltakt zu Ende war, verbeugte er sich vor uns, und wir klatschten und jubelten vor Begeisterung. Bei ihm durften wir singen und brüllen, und bald kannten wir die meisten Volkslieder, die er vorspielte und vorsang, auswendig, ohne dass uns jemand dazu hätte motivieren müssen.

Die Beierlein-Stunden waren für uns ausgehungerte und ständig zu Ruhe und Bravsein ermahnte Kinder das reine Glück. Beierleins Hauptattraktion war das Lied *Mein Hut, der hat drei Löcher*; er selbst trug ja im Freien stets einen Hut, wie das damals bei den Herren üblich war. Anhand seiner Kopfbedeckung, die er auch in den Unterricht mitbrachte, lernten wir Pausen und Kunstpausen, wenn er den Finger auf den Mund legte und vorgab, wann wir nur dem Rhythmus, nicht aber der Melodie folgen sollten. Wer in die Pausen platzte, der wurde mit Gelächter bedacht, und wir fingen das Lied wieder von vorne an.

Wenn ich mit meiner Mutter einkaufen ging und die unverkennbare Silhouette des Herrn Beierlein in der Ferne auftauchte, hüpfte ich vor Begeisterung. Und wenn er dann gar beim Näherkommen mit einer leichten Verbeugung seinen Hut lüftete, dann war dieser Tag schon vergoldet.

Er liebte nicht nur die Musik, für die er uns so unbeschwert begeisterte, er liebte seine Schüler und wurde wiedergeliebt.

Als ein Jahr später die städtische Musikschule gegründet wurde, meldete sich unsere Klasse geschlossen für Geigenunterricht an. Es gab aber nur zwei gestiftete Dreiviertelgeigen, und Violinen in unseren Notquartieren gab es erst recht nicht. Daher zogen wir enttäuscht wieder ab.

Zwei Jahre später trat in der Nibelungenhalle der Geiger Gerhard Taschner auf; ein paar von uns schlichen sich durch den Hintereingang, den ein mitfühlender Hausmeister offen gelassen hatte. Wir lauschten den Beethovenklängen, aber in unseren Köpfen geigte Herr Beierlein.

Als die Lehrer noch Originale waren …

Irmgard Hierdeis

Die erste Musikstunde in meinem neuen Augsburger Gymnasium begann mit Beethovens *Fünfter*. Der rotgesichtige Lehrer stand vor dem Plattenspieler und hatte Mühe, das Gleichgewicht zu halten. Er klammerte sich ans Pult und schrie heiser: „Hört ihr, wie das Schicksal an die Tür klopft?"

Die Schicksals-Schläge wurden allerdings begleitet und manchmal übertönt vom heftigen Schnaufen des Lehrers. Ich wunderte mich, dass man einen so offensichtlich kranken Menschen nicht vom Unterrichten befreite. Er tat mir leid.

Meine Klassenkameraden allerdings blieben unbeeindruckt. Sie schrieben Hausaufgaben ab, spielten Karten und unterhielten sich. Der Lehrer schien davon nichts zu bemerken, hämmerte den Beethoven'schen Takt mit und hielt sich am Pult fest.

Dann, mit einem Mal, stolperte er die Stufe, die das Lehrerpult erhöhte, hinunter und torkelte durch die Fensterreihe. Vor einem Schüler, der mit seinem Nachbarn Schafkopf spielte, stoppte er.

„Du Verbrecher!", schrie er. „Ich kenne deinen Vater. Dem erzähle ich heute Abend, was du für ein Früchtchen bist."

Er haute ihm ins Gesicht, aber der Delinquent lachte nur, setzte sich wieder hin und spielte weiter.

Der Musiklehrer stützte sich an den Stuhllehnen ab, wechselte von der Fenster- zur Türreihe, wo ich saß. Ob er mich wohl auch abwatschen würde? Meinen Vater allerdings kannte er mit Sicherheit nicht.

Mein Banknachbar sah, dass ich Angst hatte. Ich war das einzige Mädchen in der Klasse.

„Brauchst keine Angst haben", sagte er. „Der tut eigentlich nichts, er ist halt besoffen wie jeden Tag. Den schlag ich sofort nieder, wenn er dir was tun will. Aber ich glaub's nicht."

Er hatte recht. Der Musiklehrer schwankte an mir vorbei zum Plattenspieler.

„Ihr Säue", schrie er, „wieder mal hab ich die Perlen der Musik vor euch hingeschmissen. Raus mit euch, haut ab."

Die Stunde war zwar noch nicht zu Ende, aber wir packten unsere Sachen und verschwanden.

Einmal im Jahr, beim Abschlussgottesdienst, zeigte der Musiker, wozu er imstande war: Er studierte eine Messe von Mozart oder Haydn ein, und der Direktor genehmigte sogar bezahlte Verstärkung durch Mitglieder des städtischen Orchesters. Als die finanzielle Lage der Schule sich verschlechterte, verweigerte der Elternbeirat das Sponsern der Konzerte. Daraufhin erlebten wir den endgültigen Niedergang unseres Musiklehrers. Er saß nur noch leblos am Pult, legte gerade noch irgendeine Klassik-Platte auf und verschwendete kein Wort mehr an die unwürdige Schülerbande. Kurz darauf wurde er zwangspensioniert und ward nie mehr gesehen.

Als die Bischöfe noch Handschuhe trugen …

Peter Stöger

In meiner Kindheit gehörten Handschuhe zu den Pontifikalgewändern, je nach liturgischen Zeiten waren sie weiß oder rot, grün oder violett.

Und so durchschritten die Bischöfe zu den hohen Feiertagen, links und rechts das Volk huldvoll segnend, das Kirchenschiff. Oft funkelte auf dem Handschuhrücken ein Rubin oder Smaragd, inmitten eines goldgestickten Kreuzes. Umwölkt von Weihrauch war der Bischof bei solchen Pontifikalämtern. Er bekam reichlich davon ab, was unsereins oft einmal auch gern gehabt hätte, so ein ganz kleines, hellblaues Weihrauchwölkchen. Wenigstens das, wenn es schon nicht die große Liebe sein darf, mag sich jemand im kleinsten Schlupfloch seiner Seele gedacht haben.

Hier aber soll von ganz anderen Handschuhen die Rede sein. Wir waren noch Kinder, mit fünfzehn war man in meiner Kindheit gerade noch ein Kind. Wir waren auf einem Schulausflug,

Skitag hieß das zur Winterszeit. Wir fuhren zum Pfriemesköpfl, einem beliebten Skifahrerziel der Innsbrucker. Als es am Skihang bitterkalt wurde, merkte ich plötzlich, dass mir Handschuhe fehlten. Ich hielt zwischen zwei Schwüngen an. Da stand ich wohl etwas verloren und leicht schlottrig mit blauen Fingern da. Plötzlich hielt ein kleines Männchen neben mir an. Es war der uns begleitende Religionslehrer Stecher. (Ein Tiroler Religionslehrer, der nicht Ski fahren kann, ist sicher nicht ganz katholisch.) Er zog seine Handschuhe aus, gab sie mir, und schon war er wieder weg. Verblüfft konnte ich nur so viel denken: Aber jetzt hat doch *er* zu kalt!

Später erzählte er uns im Unterricht, er sei im Krieg in Karelien gewesen. Da war er wohl kälteerprobt. Vorher haben ihn die Nazis eingesperrt. Aber das erfuhr ich erst später, als er Bischof von Innsbruck wurde. Bei seinem Einzug in den Dom war ich dabei. Er trug keine Pontifikalhandschuhe, die hatte er ja damals auf einem Skihang verschenkt. Sie wärmen mich noch heute.

Als auf den Tafeln noch gezeichnet wurde …

Peter Stöger

Meine Volksschullehrerin hatte eine besondere Begabung, die des Tafelzeichnens. Damit überraschte sie uns immer wieder.

Wenn wir in die Klasse kamen, war die Tafel geschlossen. Dann kam der feierliche Augenblick, und das Fräulein Lehrerin öffnete die Tafel. Was sich uns dabei eröffnete, ließ uns jedes Mal staunen.

Waren die Seitentafeln aufgeklappt, bildeten sie mit der Mitteltafel eine Art Flügelaltar. Und von dort rollten sie heraus zu uns, die Bilderwelten. Der Osterhase mit den bunten Eiern. Es war eine Zeit, in der wir zwar nicht mehr so ganz an den Osterhasen, aber sehr wohl noch an das Christkind glaubten, und an Knecht Ruprecht, der sich nur mühsam vom heiligen Nikolaus zähmen ließ. Der Osterhase im Klassenzimmer wurde plötzlich ganz lebendig, und der frühlingshafte Ostergarten duftete, auch wenn draußen, in diesem hochgelegenen Ort am Arlberg, meist noch Schnee lag.

Das Fräulein Lehrerin war schon am Vortag in die Schule gekommen und hatte den ganzen Nachmittag an ihrem Tafelbild gearbeitet. Die Bilder gelangten tief in unsere Seele. Wirkmächtig waren und blieben sie; noch heute, in der Erinnerung, machen sie froh.

In unserer Kindheit gab es noch keine raschen Bilder. Die Bilder hatten gerade erst begonnen, das Laufen zu lernen. Wir sahen der Lehrerin zu, wie sie auch während der Unterrichtszeit Bilder erstehen ließ. Wie sie einen Kinderwagen mit langen Standrädern zeichnete und daraus den Buchstaben R entwickelte, oder besser gesagt: auswickelte. Oder wie sich das A als eine Leiter entpuppte. Bildung ist Entdeckung, ist Entwicklung. Flugs sind wir darin verwickelt und lernen zu erforschen. Es ist wie beim Schultafel-Triptychon: Erst sind die Bilder noch verdeckt, und plötzlich eröffnen sie sich. Das „Zwischen-Sein", das Inter-esse, die Bildkraft wird zu Bildekraft. So federleicht und deshalb so tiefgehend kann Bildung sein.

Die Bilder verschmolzen irgendwann in diesem Zwischen, zwischen Lehrerin und Tafel und Kinderseele. Daraus entstand ein Webstück, das

Kopf und Herz umfasste. Es war im wahrsten Sinne Herzensbildung. Das Osterbild rutschte direkt ins Herz und dann in den Kopf. Und es wurde Ostern, mitten im Spätwinter.

Als ich im Turnunterricht „brausen ging“ …

Peter Stöger

Turnen war für die meisten meiner Mitschüler ihr Lieblingsfach. Für mich nicht. Nie. Dabei waren die Turnlehrer keine Unmenschen. Nur das Fach war unmenschlich.

Die Medizinbälle: viel zu hart und viel zu groß. Und das Stangenklettern! Die ganze Meute schaute begierig und delektiert zu, wie ich die Stangen nicht und nicht hinaufkam. Außerordentlich befriedigt schauten sie meinen Niederlagen zu.

Völkerball: ein einziger Graus! Um mich vor den scharfen Schüssen auf die Bauchdecke zu retten, tat ich oft so, wenn der Ball nur nah genug vorbeizischte, als wäre ich abgeschossen worden. Es ging ums blanke Überleben. Da ist alles erlaubt, auch, wenn es gar nicht anders geht, die Kameradschaftsschweinerei. Schließlich war ja ihr Leben nicht in Gefahr, nur ein läppischer Gruppensieg, aber meines schon!

Der Turnsaal: ein Frontabschnitt. Der einzige sichere Raum war hinter der Linie, die die Abgeschossenen von den Aktiven trennte. Amnesty International muss von einem passionierten Antiturner begründet worden sein …

Gerade aus der Kindheit emanzipiert und doch noch Kind, wurde der Turnunterricht nun gänzlich verhasst. Meist war ich Letzter oder Vorletzter, der für Fußball oder Völkerball gewählt wurde. Mein schärfster Konkurrent im Ranking nach unten war Toni. Aus ihm wurde ein Universitätsprofessor für Orgelspiel. Einmal wurde ich als Erster für das Völkerballspiel gewählt. Hätten mich die Mitschüler doch in meinem gewohnten Turnerelend belassen! Mein Turnlehrer wollte wohl was Gutes tun. Das ist es auch, was bei mir letztlich hängen blieb.

Unvergesslich die Turnstunden im Innsbrucker Hallenschwimmbad. Das war nicht etwa ein lustiges Dahinschwimmen und Spaßhaben. Da ging es um messbare Leistung, um Köpfler und Tauchen. Ich versteckte mich in der Brause oft eine ganze Turnstunde lang. Freund Toni war auch dabei. Nur gelegentlich fiel das auf, die Mitschüler verpfiffen uns nicht.

Mein Wahllokal ist heute ausgerechnet in einem Volksschul-Turnsaal. Trotzdem bin ich noch nicht ins Lager der Nichtwähler gewechselt. Um das Hallenbad aber hab ich nach der Schulzeit immer einen Bogen gemacht.

Als Herr Professor feuchte Augen bekam …

Peter Stöger

Beliebt war er nicht, unser Musiklehrer. Eine Klasse mit vorpubertär quietschenden, pubertär krächzenden und spätpubertär brummenden Schülern ist ja auch nicht gerade ein Vorzeigechor. Musiklehrer, insbesondere Instrumentallehrer, die sich den überwiegenden Teil ihrer Berufszeit falsche Töne anhören müssen, verdienen mein ungeteiltes Mitleid.

Dieser Lehrer, mittlerweile im himmlischen Symphonieorchester engagiert, war für die weniger Begabten – das waren wir fast alle im Klassenzimmer – ein Plagegeist. Die Begabteren, vor allem die drei Bläser unter uns, verwöhnte er mit Einladungen nach Belgien und anderswohin. Da diese unsere Bläsertruppe zugleich auch eine gute Sportlergruppe war, deren Anführer gar unser bester Fußballer, entstand daraus kein Abstieg auf der Beliebtheitsskala.

Unser Lehrer wirkte, so denke ich heute, alt, abgehoben, besaß jedoch nicht den Nimbus vieler

Älterer, weise oder gütig zu sein. Ein Opa-Image fehlte total, er war viel eher ein Vater, der mit seinen Kindern nur auf dem Berufswege verbunden ist, so wirkte er jedenfalls. In puncto unangenehme Schulerinnerungen, die bei diversen Klassentreffen, jüngst beim fünfzigjährigen Maturajubiläum ausgetauscht werden, ist er Spitzenreiter.

Einmal aber war er mir nahe. Er erzählte zum ersten – und letzten – Mal von seinen jungen Jahren. Da spielte er im Symphonieorchester von Buenos Aires Fagott. Dabei veränderte er sich. Plötzlich wurde er Mensch. Er wurde ganz. Strahlend und traurig wurde er. In seinen Augen standen verstohlen Tränen.

Ich wusste, er war damals glücklich, weit weg. Ich wusste auch: Als Lehrer von uns Buben verfehlte er seinen Beruf. Er war mit uns kreuzunglücklich. Eine krächzende, allermeist unmotivierte Schulklasse war das Seine nicht. Am besten hielt man sie mit Strenge und mit Notendiktaten nieder. Dieses eine Mal aber war er mein Klassenpapa. Freilich war er danach wieder der Alte. Aber etwas schimmert mir in der Tiefe der Kinderseele bis heute durch: Der kann's ja doch, das Papa-Sein. Erfolgreich war er nicht dabei, aber das Zeug dazu hätte er gehabt! Er hätte uns nur öfter von Buenos Aires erzählen sollen …

Als die Briefmarken noch gezackte Bildchen waren …

Peter Stöger

Als ich elf Jahre alt war, erhielt ich von meinen Eltern ein kleines, grünes Briefmarkenalbum. Noch heute habe ich es in Verwendung, so manches kam im Lauf der Zeit dazu. Die meisten Sammler hören in der Pubertät auf, wenn weibliche Rundungen interessanter werden als Briefmarkenzacken. Bei mir ist die Pubertät wohl noch nicht ganz vorbei, und so sammle ich eben immer noch.

Es sind bunte Welten, die auf diesen fein gezahnten und gummierten, noblen, traditionellen, originellen Visitenkärtchen eines Staates zu sehen sind: Gebäude, Landschaften, Musiker, Künstler, Dichter, Flora und Fauna, Darstellungen von Sagen und noch vieles mehr. Plakatkunst im Miniformat.

„Darf ich dir meine Briefmarkensammlung zeigen?“ – Dieser schalkhafte Satz hat über Generationen hinweg seine treuen Anhänger, auch heute, in fast schon briefmarkenlosen Zeiten.

Heute gehören Philatelisten zu einer aussterbenden Spezies. Der Altersdurchschnitt liegt bei geschätzten siebzig Jahren. Gelegentlich wird über sie geschmunzelt, nie wirklich abfällig, eher freundlich und nachsichtig nach dem Motto: „Wie kann man nur so zeitlos altmodisch sein?" Man rechnet den Sammler der Ära des guten alten Kaisers auf den Briefmarken zu.

Das Geschäft mit den Minibildchen ist inzwischen abgeflacht, ersetzt wurden sie durch Roll- und Klebestempel. Zugleich ging das Briefeschreiben zurück. Nur das Finanzamt hält der Briefmarke eine geradezu innige Treue, wenngleich es längst auf maschinelle Frankierung umgestellt hat.

Bei einem der letzten Bundespräsidentschaftswahlkämpfe in Österreich ließ sich eine Kandidatin tausendfach den Hinterkopf bespucken, in der Hoffnung, ihr Briefmarken-Konterfei würde ihr mehr Stimmen bringen. Das hat es jedoch nicht, und mein Herz sah ein Stückchen Philatelistenehre wiederhergestellt. Heute kann man tatsächlich individuelle Briefmarken in Kleinstauflage anfertigen lassen, zum Beispiel für eine Ausstellung oder als Geburtstagsüberraschung für die Freundin. Dann geht sie ab, die Post! Für Sammler ein Horror, wenn sie an die Zeiten denken, als besonders schöne Marken – wie zum Beispiel mit Walther von der Vogelweide, eine Ein-Schilling-fünfzig-Marke aus den Fünfzigerjahren – als Vorzeigeobjekte einer Nation galten. Für diesen Betrag hätte man auch drei Kaugummis mit Abziehbildchen bekommen. Das Sammeln erforderte manchmal echte Opfer.

Alle haben dem damals Elfjährigen geholfen: Großeltern, Taufpatin, Onkel und Tanten. So wuchs die Sammlung. Auf spielerische Art lernte ich, dass es Peseten in Spanien, Zloty in Polen und Rupien in Indien gibt. Sogar das griechische Alphabet lernte ich, indem ich die zu einer Darstellung gehörende Schrift entzifferte, von der ich wusste, dass sie Sokrates zeigte.

So eröffneten sich mir Bilderwelten wie in Guckkästen, Bilderwelten über die Gezeiten von Völkern und Kulturen. Manche dieser Briefmarken hatten Symbolcharakter, wie die grüne Sechs-Cent-Briefmarke aus den Vereinigten Staaten mit der Freiheitsstatue.

Die Motive – von Gesteinen über Volkskunst und Trachten bis hin zu Musikinstrumenten – waren lehrreich. Manche waren ebenso interessant wie gruselig: So nahm das Nachkriegskind jedenfalls die Hitlermarken mit Totenkopf wahr, die 1945 zwar gedruckt, aber nicht offiziell zugelassen wurden.

Die Briefmarken waren meine Informationsquelle, lange vor Fernsehen und Internet. Natürlich hatte ich meine Lieblingsmarken, wie das monegassische Fürstentraumpaar Grace Kelly und Rainier. Kirchen und Burgen, Kaiser und Markgrafen, Chagall und Van Gogh purzelten aus Themenfensterchen wie aus einem Adventkalender.

Was macht den Reiz dieser gezackten Bildchen heute noch für mich aus? Sie führen in meine Kindheit zurück, erinnern mich an die Leidenschaft des Sammelns. Es war eine kleine, heile Welt. Vieles werde ich im Alter missen müssen und manchmal auch müssen wollen, nicht aber die Bildchen der Kindheit.

Als Onkel noch das Moped schob …

Peter Stöger

Onkel Hermann, der Cousin meiner Mama, war so zerstreut wie gütig. Einsam und verheiratet mit seinen Büchern, wurde er von der Verwandtschaft immer belächelt.

Nach der Matura ging er ins Priesterseminar nach Brixen. Das hieß im alten Tirol „über's Brüggele gehn“, weil man in Brixen über eine kleine Brücke ins Seminar gelangte.

Er war so gescheit wie unpraktisch. Eines Tages fiel er vom Baum, da ließ er das Studieren sein und ging als *shanty boy*, als Holzknecht und Rosser, über den großen Teich, erst nach Kanada, dann nach Argentinien. In seine Stadt am Inn zurückgekehrt, machte er sein Doktorat und habilitierte sich.

In die Uni fuhr er immer mit dem Moped. Eines Tages war es kaputt. Da schob er es zur Uni und schob es wieder nach Hause – Uni und Moped waren untrennbar. Er sprach viele Sprachen, nur nicht Deutsch. Er sprach ausschließlich Wipptalerisch, auch bei Vorträgen. Da wurde er noch mehr belächelt.

Er war arm. Seine reiche Viehhändlerverwandtschaft schenkte ihm gnädigerweise das Schreibpapier und ließ ihn im bürgerlichen Elternstadthaus wohnen. Er durfte für seine Heimatdichtung eine Sekretärin anstellen. Obwohl er so linkisch war, biss sie an, noch dazu kräftig. Alle hätten es so gerne gesehen, wenn er doch … Er jedoch wollte nicht, er war nicht anzubringen. Auch da lächelte die besorgte Verwandtschaft.

Immerhin ist Onkel Hermann der Einzige in meiner Verwandtschaft, der – als angesehener Heimatforscher – ein Denkmal bekommen hat.

Als es zu drei Karriereabbrüchen kam …

Peter Stöger

Ich bin neun Jahre alt und besuche das Konservatorium in Innsbruck. Ein gestrenger Lehrer in schwarzem Berufsmantel gibt dort Gesangsunterricht. Ein geborener Lehrer kommt, damals war das so, mit diesem Mantel in Weiß, Blau oder auch Schwarz zur Welt. Dieses Outfit verleiht ihm Autorität. Manche dieser Mäntel verfügen über, so kramt das Hirnkastl aus der Erinnerung hervor, aufgenähte Ärmelschoner.

Der Lehrer hat sehr empfindliche Ohren. Das Rascheln des Packpapiereinbandes meines Notenheftes verträgt er absolut schlecht. Er tut so, als erleide er deshalb einen Gehörsturz.

Wir müssen in allen Tonlagen „Gurrgurr" singen. Das ist nicht besonders abwechslungsreich. Seine Lieblingsschülerin gurrt besonders klangvoll in den allerreinsten Schmeicheltönen. Das macht mir das holde Täubchen nicht eben sympathisch. Ich kann bei den Tauben und Täuberichen nicht ganz mithalten und möchte ihnen zum Gurrgurr am liebsten Giftkörner streuen.

Eines Tages – ich gehe wie üblich am benachbarten Landesmuseum vorbei – breche ich meinen Weg zur wenig geliebten Musikklasse ab und verbringe stattdessen die Zeit damit, auf den Rücken der steinernen Sphinxen vor dem Museum zu reiten. Das macht mehr Spaß! Pünktlich zum Ende der Musikstunde gehe ich nach Hause. Einige Wochen habe ich nun Reitstunden statt Gesangsunterricht, auch für die Sphinxen eine nette Abwechslung.

Einmal kommt Mama mich abholen, und weil das Museum gleich neben dem Konservatorium liegt, erwischt sie mich statt in der Gesangsstunde in der Reiterpose. Bald darauf bin ich den Taubenstall los. Das ist mein erster Karriereknick als Musiker. Und der zweite?

Mit elf Jahren erhalte ich in einem schönen, gutbürgerlichen Haus am Innsbrucker Adolf-Pichler-Platz Klavierunterricht. Die schon etwas ältere, leicht gesetzte Lehrerin sitzt im Rollstuhl. Sie plagt sich ab mit mir, aber ich mache keine Fortschritte. Eines Tages schreibt die Lehrerin der armen Mama, dass ich immer so blass aussehe und wohl mehr frische Luft brauche. Dort wäre ich besser aufgehoben. Das ist das Ende der Pianistenkarriere.

Und der dritte? Gerade der Kindheit entwachsen, sehe ich wieder „Zebrastreifen“, diesmal die der Hausorgel in der Lehrerbildungsanstalt. Ich bin angehalten, einen Übungsplatz zu suchen, und finde ihn in Innsbrucks Herz-Jesu-Kirche. Einige Frauen beten still in der Kirche. Ich beende das erste Probespiel und werfe einen Blick aus der Orgeletage hinunter ins Kirchenschiff. Da sehe ich gerade noch, wie die letzte der frommen Frauen die Kirche verlässt. Keine Fans mehr da. Meine Musikkarriere ist endgültig beendet. Lange vor dem Jahr der Barmherzigkeit hat mein Orgelprofessor, Gott hab ihn und vor allem seine Ohren selig, mich positiv beurteilt. Er ahnte es wohl in seiner Güte: Noten gehören in die Musik und nicht auf Zeugnisse.

Als man noch nicht in Urlaub, sondern in Sommerfrische fuhr …

Irmgard Hierdeis

Die wenigen Leute, die in den Fünfzigern schon einen VW fuhren, kutschierten ihre Familien über den Brenner nach Italien. Alle anderen blieben daheim, gingen ins Schwimmbad und bei Regen in die Amerikabibliothek. Und wer sich's leisten konnte, fuhr, wie vor dem Krieg, in die Sommerfrische.

Eine Woche im August nahm mein Vater Urlaub, und wir drei starteten zu der lange vorher geplanten Reise. Jeder durfte einen Rucksack mitnehmen, in den alles das gepackt wurde, was man für eine Woche Bayerwald benötigte. Am wichtigsten war ein zweites Paar Schuhe und ein Buch; denn im Lamer Winkel, wohin wir regelmäßig fuhren, regnete es mindestens so oft, wie die Sonne schien.

Die Adresse der Pension, in der wir immer abstiegen, hatten meine Eltern von Bekannten. Ich kann mich nicht erinnern, dass es damals Reisebüros oder Hotel-Prospekte in Zeitungen gab. Die Pensionswirtin hieß Wimmer, mit dem schönen Vornamen Edeltraud. Wir übernachteten gemeinsam in einem Zimmer, es gab ein Waschbecken, das WC befand sich auf dem Gang. Nach einer Dusche oder gar einer Badewanne fragte niemand. Wir hatten auch zu Hause kein Badezimmer, sondern erledigten die tägliche Reinigung am Wasserhahn in der Küche. In der Pension war also alles wie daheim, nur dass wir das Frühstück im Wohnzimmer der Familie Wimmer einnahmen und es jeden Tag frische Semmeln gab. Auch die Marmelade war selbstgemacht, und meine Mutter beurteilte die Konsistenz positiv. *Erdbeer-Konfitüre* oder *Johannisbeer-Konfitüre* mit Jahrgangsangabe stand auf den Einmachgläsern.

Für die Wanderungen, die wir jeden Tag, auch bei Nebel oder Nieselregen, unternahmen, gab uns Edeltraud Wimmer Leberwurstbrote mit, spärlich belegt mit Saure Gurken-Scheiben. Die Getränke kauften wir bei Kaiser's, meistens waren es Zitronen-Kracherl. Jeden Tag trug ein anderer den Rucksack mit dem Proviant.

Hinter dem Wimmer-Haus führte ein Wanderweg durch den Wald, und an den Kreuzungen entschieden die Erwachsenen, ob wir lieber drei Stunden zur nächsten Hütte oder vier Stunden auf den Osser laufen wollten. Die Entscheidung verlief in der Regel so, dass mein Vater sagte: „Heute rechts!“, und wir in die vorgeschriebene Richtung marschierten. Es wurde wenig geredet, höchstens mal angehalten, um einen Pilz oder einen Gumpen zu besichtigen. Es gab auch keine botanischen Erklärungen, was ich sehr schätzte, denn bei den Ausflügen mit Onkel und Tante hielten wir bei jedem Blümchen an, und wir Kinder mussten den Erklärungen zuhören.

So trotteten wir schweigend dahin, jeder mit seinen eigenen Gedanken beschäftigt. Höchstens die Finanzen waren ein Thema zwischen den Eltern; denn in einem Büchlein war genau vermerkt, was jeden Tag ausgegeben werden durfte.

Waren wir dann endlich am Ziel, setzten wir uns auf Felsen oder ins Gras und packten aus, was Frau Wimmer mitgegeben hatte. Es gab in den meisten Hütten Würstchen oder Gulaschsuppe, aber das war nicht in unserem Urlaubsbudget vorgesehen.

Wir schauten von oben auf die anderen Berge und Hügel, und manchmal sagte mein Vater erklärend: „Dort drüben, das müsste der Arber sein.“ Wir schauten dann alle in diese Richtung. Auch später, als ich noch manchmal in den Bayerischen Wald reiste, konnte ich nur anhand der

Höhe der Berge ungefähr ausmachen, wie ihre Namen lauteten. Es war mir auch egal, und wenn neben mir die Touristen jeden Hügel benennen konnten, wunderte ich mich nur, wie das jemand wichtig nehmen mochte.

Wir spazierten also ziemlich unbedarft in der Landschaft herum. Es war vor allem wichtig, dass wir uns bewegten, wohin, war zweitrangig. Bei strömendem Regen blieben wir zu Hause, das heißt, meine Eltern spazierten nach dem Frühstück ins Dorf, und ich hatte Zeit zu lesen. An solchen Nachmittagen ging es ins Volkskundemuseum, wo sie jedes Jahr ein paar neue Gegenstände aus früheren Zeiten aufstellten, die wir dann bestaunten. Immer wieder lachten wir über ein originales Plumpsklo, das man im letzten Raum aufgestellt hatte. Das Warnschild an der Herzchen-Tür: *Bitte nicht benutzen! Nur Ausstellungsobjekt!*

Solche Nachmittage dehnten sich wie Gummi, auch wenn wir manchmal ins Dorfcafé gingen und ich eine Tasse Kakao mit Sahnehaube bestellen durfte. Jeden Abend wurde pünktlich um zehn Uhr das Licht ausgemacht. In dem gemeinsamen Schlafzimmer war es völlig ausgeschlossen, dass ich unter der Bettdecke mit Taschenlampe weiterlas.

Wenn die Woche sich dem Ende zuneigte, wurde noch einmal richtig geschlemmt. Am letzten Abend gingen wir immer in den Löwen, eine der beiden Dorfwirtschaften, und bestellten uns „etwas Warmes“, meistens Schweinebraten mit Knödel und Kraut, weil wir das zu Hause selten aßen. Mein Vater trank Bier, meine Mutter und ich Zitronensprudel. Nach dem Essen gingen wir noch einmal die Wanderungen der Woche durch und versicherten uns gegenseitig, wie schön diese Ferien wieder einmal gewesen waren. Ich sagte nicht, wie ich mich jeden Tag nach dem Ende dieser Woche gesehnt hatte, nach meiner Freundin und den einsamen Lesestunden in meinem Zimmer.

Ich unterzeichnete brav eine bunte Ansichtskarte, die wir an Onkel und Tante schickten: *Von einer erholsamen Woche im schönen Bayerwald herzliche Grüße!*

Als wir handgestrickte Badeanzüge trugen …

Irmgard Hierdeis

Im Sommer ’47 lernte ich schwimmen in der Ilz. Ich trug einen mehrfach geflickten Vorkriegsbadeanzug meiner Cousine, der überall zwickte, weil er mir zu klein war. Ich konnte mich darin kaum rühren, und meine Mutter meinte, so könne ich mich in keiner Badeanstalt sehen lassen. Es war ein Jahr vor der Währungsreform, und die Geschäfte waren leer. Außer Lebensmitteln gab es nichts zu kaufen.

Kurzentschlossen trennte meine Großmutter einen alten Pullover auf, dessen Löcher nicht mehr zu reparieren waren. Aus diesen Wollresten strickte sie mir einen Badeanzug. Er passte wie angegossen.

Am Sonntag machte unsere Großfamilie mit Freunden einen Ausflug an die Ilz, auch meine Lehrerin war unter ihnen. Wir marschierten flussaufwärts, packten an einer schattigen Stelle Margarinebrote und Wasserflaschen aus, und dann zogen sich alle im Gebüsch ihre Badeanzüge an. Stolz zeigte ich mich im Meisterwerk meiner Großmutter.

Wir Kinder suchten eine tiefe Stelle, um ein paar Züge zu schwimmen. Kaum war ich unter Wasser, bewegte sich mein Badeanzug weg von mir. Ich hatte ihn zwar noch an, aber das Vorderteil glitt so weit in die Tiefe, dass ich danach greifen musste, um nicht mitgezogen zu werden. Ich war umgeben von fließenden Stoffbahnen, und hastig versuchte ich, diese Masse irgendwie zusammenzuhalten. Vergeblich. Der Badeanzug wurde zusehends größer und breiter, ein Teil lag unten auf den Steinen, während ich nach Luft schnappte. Als ich endlich an einer seichten Stelle zum Stehen kam, schlappte der ganze Anzug zu meinen Füßen und trieb dunkel im Moorwasser. Ich war völlig nackt, und als ich das merkte, tauchte ich gleich wieder unter. Meine Cousine rief mir zu, ich solle doch endlich mit ihr ans andere Ufer schwimmen, aber ich war in Panik und überlegte nur, wie ich mich aus diesem nassen, schwammigen Gebilde befreien könnte, ohne nackt zu meinem Kleiderbündel laufen zu müssen. Zum Glück lag mein Rucksack nicht weit entfernt unter einem Busch, ich hantelte mich auf den glitschigen Steinen unter Wasser weiter. Endlich war ich am Ufer, befreite mich von dem nassen Wollknäuel und kroch zu meinen Kleidern. Gerade in dem Moment, als ich dastand und nach der nassen Wollwurst fischte, die noch im Wasser lag, sah meine Lehrerin zu mir her. Ich griff mir schnell meine Unterhose und zog das Kleid drüber. Der Wollklumpen waberte leicht auf dem moosigen Untergrund. Ich zog ihn ans Ufer und legte ihn zum Trocknen auf den Waldboden.

„Du Feigling!“, schrie meine Cousine vom anderen Ufer herüber.

Später, als alle wieder aus dem Wasser kamen, sah meine Mutter die Bescherung. „Ach, die alte, krause Wolle! Kein Wunder, dass sie sich im Wasser ausdehnt!“

Im nächsten Sommer zog meine Tante den aus dem Leim gegangenen Anzug an. Er passte ihr, und diesmal behielt er auch im Wasser seine Form.

Als uns die Eltern auf Bildungsreisen mitnahmen …

Irmgard Hierdeis

Eine der ersten Bildungsreisen, die von der Volkshochschule Passau veranstaltet wurde, hatte die Walhalla zum Ziel.

Noch im Frühnebel versammelten sich die bildungshungrigen Nachkriegsbürger vor einem, wie mir damals schien, Riesendampfer am Donaukai. Ich war acht Jahre alt, und meine einzige Begegnung mit Kunst und Kultur waren bisher die Bilder meines Onkels in unserem früheren Haus gewesen.

Wir standen auf dem Schiffsdeck und atmeten weiteren Nebel in den dampfigen Morgen. Meine Eltern erklärten, dass wir, wenn wir in Donaustauf anlegten, alle bedeutenden deutschen Männer (es verstand sich von selbst, dass Frauen nicht bedeutend waren) zwar nicht original, aber in lebensechten Gipsabdrücken vorfinden würden. Und meine Mutter erzählte, dass auch Goethe, der das *Veilchen* gedichtet hatte, zu besichtigen sein würde. Mozarts

Vertonung war das Lieblingslied meiner Mutter; ich wusste damals noch nicht, warum.

Würden wir auch Mozart in der Walhalla finden? Sein Vater stammte aus Augsburg und war nur berufshalber in Salzburg. Aber höchstwahrscheinlich fehlte Mozart; und auch Schubert, Mutters Lieblingskomponist, war vermutlich nicht in der Walhalla; beide waren ja offiziell Österreicher.

„Und Max Mattheis?“, fragte ich meine Mutter.

„Wer?“

„Unser Schulrat! Er macht Gedichte, hat unsere Lehrerin gesagt.“

„Ach so, nein, der ganz bestimmt nicht. Er lebt ja noch.“

„In der Walhalla sind nur Tote?“

„Berühmte Leute, die schon gestorben sind, ja, von denen hat man einen Gipsabdruck gemacht. Und diese Köpfe sind alle in einem großen Raum ausgestellt.“

„Totenköpfe?“

„Nein, so wie sie ausgesehen haben, als sie lebten.“

„Gab es denn schon Fotoapparate damals?“

„Nein, sicher nicht.“

„Woher weiß man dann, wie sie ausgesehen haben?“

„Die Maler haben sich eben so lange vor die Männer hingesetzt, bis sie sie genau so auf der Leinwand hatten, wie sie in Wirklichkeit ausgesehen haben. Und dann hat ein anderer eine Plastik davon gemacht. Oder man hat ihnen eine Totenmaske abgenommen."

„Was, eine Maske?"

„Wenn ein Mensch tot ist, dann wickelt man Gipsbänder um sein Gesicht, lässt sie trocknen, und hinterher, wenn man den getrockneten Gips abnimmt, weiß man genau, wie er ausgesehen hat."

„Als Toter! Also doch Totenschädel! Da kriegte der Schulrat ja keine Luft mehr."

„Wenn man tot ist, braucht man keine Luft mehr."

„Und der Bürgermeister? Der ist doch auch berühmt."

„Nein, erstens lebt er noch, und zweitens ist er nur bekannt, aber nicht berühmt."

„Weil er keine Gedichte geschrieben hat?"

„Ja, kann man so sagen."

Mehr Berühmtheiten fielen mir nicht ein.

Endlich fuhr das Schiff los. Auf dem Deck war es so kalt, dass alle Leute gleich ins Innere strömten. Da gab es aber nur ein paar Stühle, und so standen wir dichtgedrängt, bis wir endlich in Donaustauf anlegten.

Alle bestaunten den weißen Tempel, der sich mitten in einem Park erhob. Dann machten wir uns auf den Weg hinauf.

Durch ein großes Portal drängten sich die Leute in den Raum, der fast so hoch war wie der Passauer Dom.

„Da, schau, auf den Podesten stehen die Büsten der großen Deutschen!“

Ich hob den Kopf und sah geradewegs in den weißen Schädel eines Toten. Er blickte ernst und traurig von oben auf mich herunter. Gleich würde er sich auf mich stürzen und mich mit ins Totenreich nehmen! Mir fiel die Geistergeschichte ein, die Großmutter mir vor ein paar Tagen erzählt hatte. Da hatte ein Verstorbener seine dürre Hand ausgestreckt und das ungehorsame Kind ins Reich der Geister verschleppt.

Ich duckte mich und senkte den Blick. Alle Totenschädel schauten auf einmal zu mir her. Mir wurde schlecht. Der Frühstücks-Haferbrei rumorte in meinem Bauch. Ich hielt die Hand vor den Mund und lief, so schnell ich konnte, aus dem weißen Grab. Draußen musste ich mich übergeben.

„Jetzt geht's dir aber wieder besser?“

„Nein.“

„Komm, wir gehen noch einmal rein, damit du wenigstens Goethe anschauen kannst.“

Ich blieb stehen und rührte mich nicht von der Stelle. „Nein, da hinein geh ich niemals mehr in meinem Leben!“

Diesen Schwur habe ich bis heute gehalten.

Als Mama einen Jugendfreund traf …

Peter Stöger

Ich hatte gerade die Volksschule beendet, da fuhren wir nach Bella Italia. Das Meer sehen! Der erste Anblick bot sich mir nahe Genua aus dem Zugfenster, an das ich meine Nase gedrückt hatte.

Mein Papa war Eisenbahner, er hatte Freifahrtscheine bekommen. Davon profitierte die ganze Familie. Wir fuhren an der südlichen ligurischen Küste entlang. Sie hatte weiße Schaumrollen, die sollten aber nicht süß, sondern salzig schmecken. Die Reise ging nach Rapallo, dort waren wir bei Frau Bedatti einquartiert. Sie war erfrischend und zugleich sanftmütig. Sie sagte zu Mama immer: „Peter sein ein Kavalier!" Ich glaube, ich hatte ihr einmal die Tür aufgehalten und sie freundlich gegrüßt.

Diese Anerkennung hat Mama sehr beeindruckt. Mich hat nur beeindruckt, dass es Mama so beeindruckt hat. Die Frau war sehr lieb, *Kavalier* musste also etwas Freundliches sein.

Von Rapallo aus machten wir einen Ausflug nach Santa Margherita. Dort hatte ein alter Jugendfreund von Mama eine Wasserskischule eröffnet. Die Skier hatten ihn nie losgelassen: Erst war er Skipionier in den Anden Argentiniens gewesen, dann Wasserskipionier in Ligurien.

Mama besuchte ihn, ich war dabei. Er war mit betuchten Gästen beschäftigt. Nachdem er uns rasch als „Nichtwasserskifahrkunden" taxiert hatte, hielt er sich kurz. Trotzdem versuchte Mama, mir ein Erlebnis zu bereiten. Sie fragte ihren Jugendfreund, ob er mich einmal auf seinem Boot mitnehmen wolle, eine Ehrenrunde. Er und ich vorne, und hinten die Kunden im Wasserslalom. Die Ablehnung war kurz und barsch. Kein Kavalier für den Kavalier!

Was blieb: Mama wollte mir eine Freude bereiten. Mir hat es damals schon imponiert, dass sie mir etwas Gutes tun wollte. Dass es ihr nicht gelang, weil ihr der alte Jugendfreund und Nachbarschaftsbursche etwas heimzahlte, ahnte ich damals schon. Umso höher war die Mama im Ansehen. Das Ganze stimmte sie wohl trauriger als mich, denn ich steckte die Abfuhr schon an Ort und Stelle vorpubertärtrotzig weg.

Am Innsbrucker Westfriedhof traf ich ihn viele Jahre später durch Zufall wieder. Da lag er unter einem Gitter, wo er sich wohl hingehörig fühlte: bei der Innsbrucker Haute volée unter den Arkaden. In Erinnerung an seine Skipionierzeit in Argentinien stand auf dem aufgemotzten Grabstein neben seinem Namen: *Arcangelo da neve*, Erzengel des Schnees.

Dass Erzengel auch Ski fahren? Meine Lehre: Gottseidank hat Mama keinen Erzengel geheiratet. Wasserskier blieben für mich bis heute unzugänglich. Beim Skifahren blieb ich eher irdisch und schwerkraftbezogen.

Oben einmal angelangt, werde ich dem Erzengel möglicherweise verziehen haben. Mama wird ihrem missratenen Freund von damals dabei schneefunkelnd zublinzeln.

Als wir auf der Hauptstraße Reifen schlugen …

Irmgard Hierdeis

In einem ramponierten Kochbuch entdeckte ich kürzlich einen zerfledderten, vergilbten und gefalteten Zettel. Nach dem Krieg wurde jedes Futzelchen Papier aufgehoben und manchmal auch glattgebügelt und, wie schon im Mittelalter üblich, mit den verschiedensten Mitteilungen beschriftet. Auf diesem Zettel hatte meine Großmutter aufgeschrieben, wie man erfrorene Gliedmaßen wieder zum Leben erweckt: erst mit Salmiakgeist einreiben, dann mit Schweinefett einschmieren! Das war eine nützliche Gebrauchsanweisung in Anbetracht der Tatsache, dass wir auch im Winter Schuhe mit Pappendeckelsohlen trugen, über den Socken Schichten von Zeitungspapier, was sich bei den Soldaten im russischen Winter bewährt hatte. Die vielen durch Bomben zu Bruch gegangenen Fensterscheiben ersetzte man auch durch Pappe oder Sperrholz, bis weit in die Fünfziger hinein. So erkannte man schon von der Straße aus, wo Flüchtlinge in Untermiete hausten und wo die Hausbesitzer in ihren eigenen Wohnungen schon Glas eingesetzt hatten. Mir kam es vor, als hätten die versehrten Häuser Leukoplast-Pflaster, die man auf offene Wunden klebte. Aus den Pappfenstern zog es mörderisch, und wir stopften Lappen und Zeitungspapier in die Ritzen.

Kein Wunder, dass wir beim ersten Sonnenstrahl im März nicht mehr in der Wohnung zu halten waren. Nichts wie raus auf die Straße! Am schönsten war es dort im Sommer.

Wenn die Bräurösser mit den Eisklötzen auf dem Kopfsteinpflaster lärmten, dann sprangen wir zur Seite. Wir folgten dem Wagen, bis er vor einem Gasthaus hielt. Dort warteten schon ein paar kräftige Gestalten in Drillichhosen, um die schweren Stangen in den Keller zu transportieren. Hin und wieder fiel ein Eisbrocken auf die Straße, aber da blieb er nicht lange liegen. Wir warteten wie die Aasgeier auf solche Eissplitter und steckten sie sofort in den Mund. Dieses wunderbar kalte Gefühl auf der Zunge und am Gaumen! Das war natürlich streng verboten, denn unsere Eltern wurden nicht müde zu behaupten, dieses Eis komme direkt aus der Donau oder der Ilz und sei mehr als dreckig, ja mit lebensgefährlichen Bazillen verseucht. Aber sie waren alle zu sehr mit dem Nachkriegsaufbau beschäftigt, als dass sie uns jede Minute kontrolliert hätten. Und wir nutzten diese Freiheit!

Wenn ich gleich nach dem Mittagessen am Küchentisch meine Hausaufgaben erledigte, schaute noch die ganze Familie dabei zu, mehr oder minder aufmerksam. Großmutter sah hin und wieder von ihrer Handarbeit auf, lächelte mich an und meinte, schreib ja recht ordentlich! Ich nickte und lächelte zurück. Mutter spülte ab oder bügelte oder nähte auf der tuckernden Singer, Großvater las Zeitung. Meistens war ich schon nach einer halben Stunde fertig, packte den Schulranzen für den nächsten Tag und fragte, ob was einzukaufen sei. Es hieß entweder: *Ja, ein Brot, einen Dreipfünder*, oder: *Ein halbes Pfund Quark und einen Liter Milch.*

Das war schnell erledigt.

Dann durfte ich mich für den Rest des Nachmittags verabschieden. Die Ermahnungen hielten sich in Grenzen: *Mach dich nicht so dreckig wie gestern, und pass auf die Strümpfe auf, nicht wieder solche Löcher wie letzte Woche!*

Ich nickte: *Also, bis zum Abendessen!*

Und dann begann die Freiheit!

Meine Freundin Ingrid hatte zum Geburtstag einen großen Holzreifen bekommen. Abwechselnd schlugen wir mit einem Stecken oder mit der bloßen Hand auf den Reifen, sodass er geschwind die Straße entlangrollte, wir neben ihm her. Auf Autos brauchten wir nicht zu achten; es gab keine. Die paar Pferdefuhrwerke sahen wir schon von Weitem und wichen auf den Gehsteig aus. Ich kann mich nicht erinnern, dass wir deswegen jemals von Fußgängern geschimpft wurden.

Waren wir müde vom Rennen, dann setzten wir uns auf eine Bank am Innkai und schauten den vorbeigehenden Leuten zu. Wir machten unsere Kommentare zu Kleidern und Frisuren der Damen und hatten viel zu lachen.

Unten, am Innufer, wo es den weißen und feinkörnigen Sand gab und wo wir uns natürlich wegen des nahen, reißenden Flusses nicht aufhalten durften, konnte man wunderbar Löcher in den feuchten Untergrund bohren; das war die Voraussetzung für erfolgreiches Schussern. Wir hatten unsere Ton- und Glaskugelschätze in einem Säckchen stets dabei, und wo immer sich die Gelegenheit bot, versuchten wir, durch punktgenaues Treffen den Mitspielern neue Kugeln abzuluchsen. Am Inn fanden wir es besonders schön, weil wir durch die Böschung vor den Blicken der Spaziergänger geschützt waren. Hin und wieder schwappte eine Welle des eiskalten Wassers auf die nackten Füße. Der feine Sand, der an den gefährlichen Stellen zu Schlick geworden war, mit dem wir Wohnhäuser und kleine Burgen bauten, machte die Haut an Händen und Füßen weich und hinterließ vor allem keine verdächtigen Schmutzspuren und konnte leicht wieder abgewaschen werden.

Wenn wir pünktlich zum Abendessen wieder daheim waren, gab es keine langen Befragungen, wo wir den Nachmittag verbracht hatten; Eltern und Großeltern waren so beschäftigt, dass die Spielorte der Kinder von geringem Interesse für sie waren. Es ging bei den Gesprächen der Erwachsenen ständig darum, wie viel Geld man mit der oder jener Arbeit verdiente, ob man davon leben konnte und wie viel am Ende übrig blieb, um auf ein neues Sofa oder auf sechs gleiche Teller zu sparen.

Hätten die Eltern gar von unseren Aktivitäten an den abgestellten Lokomotiven im Lokschuppen gewusst, dann wäre uns das ganze Areal mit Sicherheit verboten worden. Wir hüteten uns, davon zu erzählen, schlichen uns von der Rückseite des Hauses an die Loks heran und kletterten ungehindert vorne hinein, wo sonst nur die Lokführer einsteigen durften. Dieses königliche Gefühl, plötzlich Herrscher über all die Technik zu sein! Wir träumten davon, irgendwann einmal als Lokführer einen Zug zu befehligen, und drehten und schraubten an den Knöpfen herum. Einmal löste sich dabei eine Bremse, die Lok setzte sich zu unserem Entsetzen in Bewegung, prallte aber gleich an den vor ihr abgestellten Waggon und kam zum Stehen.

Schreckensbleich krochen wir aus dem Führerhaus, aber schon bald war die Angst vergessen und wir malten uns aus, wohin wir gefahren wären, wenn die Lok ungebremst weitergefahren wäre.

Ich entstieg in Paris dem Waggon und wollte auf den Eiffelturm, mein Freund Klaus fuhr bis Timbuktu, weil der Name so schön klang, und meine Cousine wählte New York als Ziel, weil es dort offenbar die höchsten Wolkenkratzer gab.

Wir verbrachten viele Nachmittage, unsere Traumorte in den Sand zu setzen.

Als Linsen noch die Welt verzauberten …

Peter Stöger

Als Kind war ich vernarrt in Linsen. Nein, nicht die Linsen, aus denen sich Suppe machen lässt, der Zauber, von dem ich hier spreche, war nicht kulinarischer Art. Es waren andere Linsen, die mich in ihren Bann zogen und mich erfreuten (die damaligen Nachbarn wohl weniger).

Doch der Reihe nach: Ich liebte den Balkon meiner Großeltern im dritten Stock der Innsbrucker Haspingerstraße. Es war ein alter, knarriger Balkon. Seine Halterungen an der Hauswand waren nicht sonderlich solide, allesamt rostig. Aber darüber zerbrachen wir uns nicht weiter den Kopf. Die Leute vom Nachbarhaus hätten gerne mit uns getauscht und dieses Luxusproblemchen gehabt; ihr Haus war ein Bomben-Trümmerhaufen.

Auf Großvaters Balkon waren zum Wäscheaufhängen Drähte gespannt. Die sangen immer so schön, wenn ich mit dem Finger darüberfuhr (und ich sie vorher ein bisschen mit Spucke eingeschmiert hatte). Oma pflegte dort ihre rot-weiß gepinselten Fuchsien, ich weiß bis heute nicht, wie sie offiziell heißen. An der Seitenwand hing ein Foto: Unter einem Bild von Tante Hilde – quasi als Foto im Foto und Andenken an ihre treue Seele – waren die noch Lebenden versammelt. Sie war und blieb mir die liebenswerteste unbekannte Abwesende in meinem Leben.

Opa sah vom Balkon mit seinem etwas luftigen Lattenboden gern auf die Berge der Nordkette und der Solsteinkette. Berge, die er schon nicht mehr besteigen konnte, die er aber in Erinnerung an seine Gipfelstürmerzeiten in romantischer Verklärung beobachtete. Dazu diente ihm ein Fernstecher. Bei einer Gelegenheit zeigte er mir den Falkenträger: Jahr für Jahr im Frühjahr kam eine Ausaperung zum Vorschein, die die Form eines Falkenträgers hatte.

Mir gefiel der Fernstecher. Durch seine magischen Linsen spähend, zwischen den Perspektiven ganz groß und, wenn andersherum gehalten, ganz klein wechselnd, beschäftigte ich mich oft stundenlang auf dem Balkon, bis mich die Tante ermahnte, doch nicht immer auf Nachbarbalkone zu schauen. Spielverderberin! Die Wohnungen der Nachbarn, gut beleuchtet, waren viel interessanter als der Falkenträger, der sich so gar nicht rührte. In den Bergen war nix los, und immer nur der Seilbahn auf der Nordkette zuzuschauen – eine Gondel kroch nach oben, eine hinunter, in der Mitte trafen sie sich kurz –, das war auch damals schon auf Dauer zu wenig Action für einen Buben.

Die anderen Linsen, die in der Suppe, lernte ich später in Form der Linsen-Speck-Packerlsuppe kennen, die wir auf Bergtouren aßen. Sie war scharf, roch stark, schmeckte mehlig und fast immer angebrannt. Pfui Teifl! Ich schlürfte sie nur, weil ich hungrig war. Mit den kulinarischen Linsen sollte ich mich erst fünfzig Jahre später anfreunden. Fern von der Nordkette, in der Türkei. Aber ohne Speck.

Als ich in der großelterlichen Wohnung war und spielte …

Peter Stöger

Haspingerstraße 6 in Innsbruck, dritter Stock. Das Wohnzimmer von Oma, Opa und Tante in warmen Tönen, sanfte Rollmuster an den Wänden, mattgrüner Plüsch in Ministoppelfrisur, schmiedeeiserner Luster, das Sofa mit weit ausladenden Armstützen. Wandbehang, eine Standuhr mit gemütlich schleppendem Wohlklang und zusätzlich das helle Piepsen einer Kuckucksuhr, deren Gewichte Opa, selbst pünktlich wie ein Uhrwerk, wohlgemut aufzieht. Dazu aus dem Schlafzimmer allmorgendlich das beruhigende Rosenkranzmurmeln von Oma, die ein heiteres und einladendes Gemüt hat. Am Vormittag gibt es stets frische kleine Radieschen oder hellgelbe kleine Karotten an langen Büscheln. Das ist sie, die behagliche Atmosphäre einer mittelständischen Bankbeamtenfamilie.

Opa war Revisor bei Raiffeisen. Oma war, ich trau mich's fast nicht sagen, die Großmutter aus dem Weihnachtslesebuch: herzlich, gütig, taktvoll. Sie war immer da mit ihrer Küchenschürze, hantierte am Gasherd und steckte mir auch immer gern was zu, einen Keks, eine Himbeere … Ich war bei den Großeltern immer auf Besuch, wenn Mama – wir kamen vom fernen Arlberg – bei ihren Eltern einkehrte.

Ich weiß, dass so positive Schilderungen beinahe verpönt sind und manchmal als Kitsch der besonderen Klasse abgetan werden. Doch was soll ich tun? Das, was das Kind spürte, literaturtauglich verbiegen? In der großelterlichen Wohnung hatte meine kindliche Seele Schutz und ein Dach über sich.

Im Wohnzimmer steht auch ein Schrank, wunderschön, grazil in Nussholz. Im Jugendstil hebt er sich vom anderen, etwas behäbigen, doch schön gedrechselten und dabei Ruhe und Stabilität signalisierenden dunkleren Mobiliar ab. Die oberen Flügeltüren haben geschliffene Glasfenster. Die Gläser haben wundersamerweise zwei Weltkriege überstanden, obwohl ein Nachbarhaus einen Volltreffer abbekommen hat. Heute steht der Schrank als Schmuckstück in meiner Wohnung.

In der untersten Schublade ist das Spielzeug für die Enkelkinder. Da sind Bauklötzchen, Matador, Halmaspiele und Mikadostäbchen. Die Halmamännchen werden in einer geräumigen, grün-roten, reichlich zerkratzten Blechdose aufbewahrt. Aus den Halmamännchen – kleinen, großen und ganz großen – mache ich endlose bunte Prozessionen in streng hierarchischen Anordnungen, wie ich sie schon von der Fronleichnamsprozession her kenne. (Ich meine heute, dass kleine Kinder einen recht natürlichen Zugang zu Liturgien haben.) Hier also die Musikkapelle, die Schulkinder, separat die Erstkommunionkinder, die Jungfrauen und die verheirateten Frauen, dann die Ministranten und der Klerus, dahinter die Jungmänner, die Männer und die Feuerwehrmänner.

Unter den Spielsachen befindet sich auch ein kleiner kreisrunder Spiegel, handtellergroß, orangegelb gerahmt. Wenn ich die Sonne darauf scheinen lasse, erschafft er, meinen Handbewegungen folgend, auf der Decke und an den Wänden kreisende und tanzende Punkte. Gegenüber der Großelternwohnung ist eine Knabenvolksschule. Die Klassenzimmer sind nord- und daher schattenseitig. Diese Zimmer werden nun von mir beleuchtet. Dabei hüpfe ich munter zwischen Stockwerken und Klassen. So leuchte ich in all die Räume hinein. Vielleicht ahne ich, dass ich so den Pädagogen behilflich sein kann, auf dass ihnen ein Licht aufgehe.

So bewege ich also den Spiegel, die Lichtpunkte an den Klassenzimmerwänden kreisen und mit ihnen die Köpfe der Schulkinder. Erst ist es nur ein Schüler, der es bemerkt, dann sind es zwei und dann drei, und bald verfolgt das ganze Klassenzimmer das tanzende Licht auf mein Kommando: vor und zurück, auf und ab, hin und her. Lichtchoreografien eines fünfjährigen Beleuchtungstechnikers. So einfach ist es, ein bisschen Licht in die schattigen Lernstuben der Haspingerstraße zu bringen. Bis das auch einem Lehrer auffällt und er flugs zur gegenüberliegenden Hauswand zum dritten Stock herüberblickt. Aus ist das Spiel. Ertappt.

Dummerweise spricht sich herum, dass dort, wo das Lichtsignal herkommt, eine Lehrerin wohnt – meine Tante Paula. (Nicht ohne Verehrer, aber ledig geblieben, lebt sie noch bei ihren Eltern, meinen Großeltern.) Sie unterrichtet in einer Mädchenschule um die Ecke. Man weiß also, wo Frau Kollegin zu Hause ist, und so ist der kindliche Lichttechniker leicht ausfindig zu machen. Da kommt das dicke Ende …

Ein Donnerwetter habe ich nicht in Erinnerung. Ich glaube, Mama hat sich mehr geschämt als ich. Schade, zumal das Vergnügen an der Inszenierung ganz meinerseits war. Ich freu mich heute noch über den lichtvollen Einfall. Schade, dass gegenüber meiner Wohnung heute nur ein Park ist. Aber gelegentlich zaubere ich Lichtspiele in den Himmel, damit Mama, Großeltern und Tante Paula ein bisschen Unterhaltung haben …

Peter Stöger im Schnee

Irmgard Hierdeis als kleines Mädchen

Das Elternhaus

Mit Oma und den Tomaten

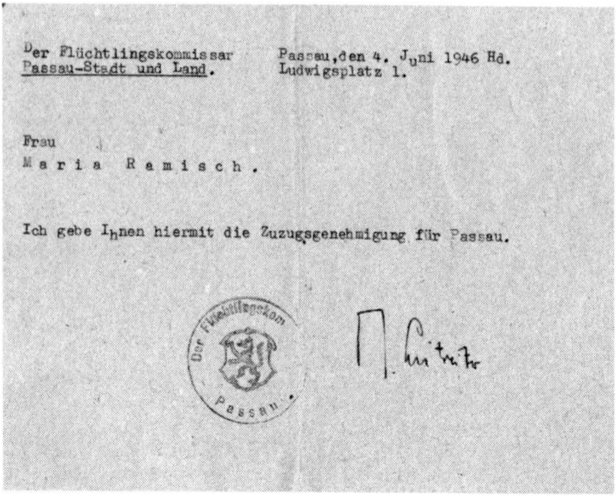

Der Flüchtlingskommissar
Passau-Stadt und Land.

Passau, den 4. Juni 1946 Hd.
Ludwigsplatz 1.

Frau
M a r i a R a m i s c h .

Ich gebe Ihnen hiermit die Zuzugsgenehmigung für Passau.

Der Flüchtlingskom[missar] Passau

Die Zuzugsgenehmigung für Passau

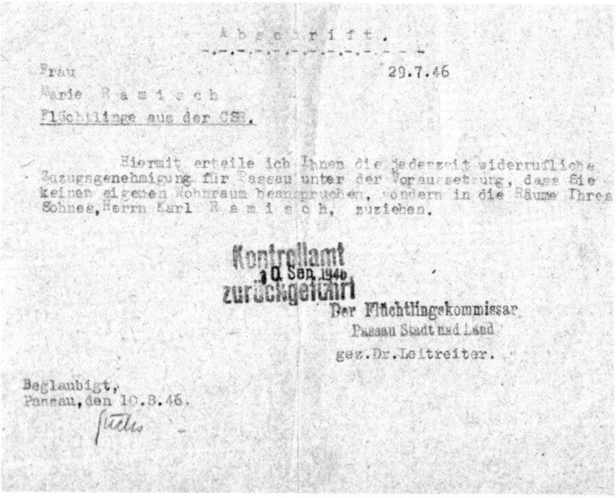

A b s c h r i f t .

Frau
Marie R a m i s c h
Flüchtlinge aus der CSR.

29.7.46

Hiermit erteile ich Ihnen die jederzeit widerrufliche Zuzugsgenehmigung für Passau unter der Voraussetzung, dass Sie keinen eigenen Wohnraum beanspruchen, sondern in die Räume Ihres Sohnes, Herrn Karl R a m i s c h, zuziehen.

Kontrollamt
10. Sep. 1946
zurückgeführt

Der Flüchtlingskommissar
Passau Stadt und Land
gez. Dr. Leitreiter.

Beglaubigt,
Passau, den 10.8.46.

Bestätigung des Flüchtlingsstatus

Eduard, Opa von Peter Stöger, mit Peters Tante Paula auf ihrem Balkon

uf einer Gartenbank

Feldpost für die Haspingerstraße 6

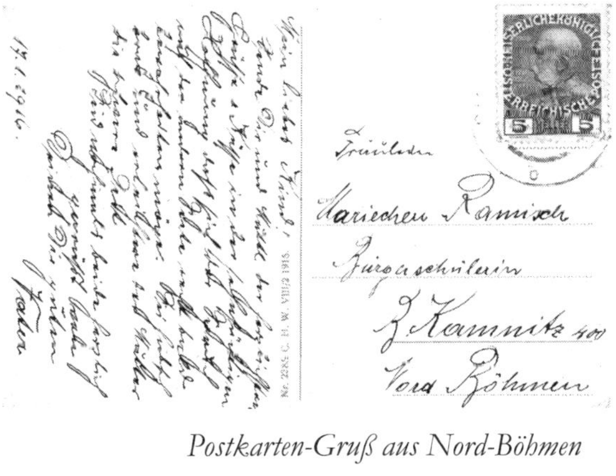

Postkarten-Gruß aus Nord-Böhmen